Brida

Leverbare boeken van Paulo Coelho bij De Arbeiderspers:

De pelgrimstocht naar Santiago
De alchemist
Aan de oever van de Piedra huilde ik
De Vijfde Berg
Veronika besluit te sterven
De duivel en het meisje
De strijders van het licht
Elf minuten
Leven – de mooiste citaten
De Zahir
Als een rivier
De heks van Portobello
De hoogste gave
Brida

Over Paulo Coelho:
Juan Arias, *Paulo Coelho. De bekentenissen van een pelgrim*

Bezoek ook de website van Paulo Coelho:
www.paulocoelho.com

Paulo Coelho

Brida

Vertaald door Piet Janssen

Uitgeverij De Arbeiderspers
Amsterdam · Antwerpen

Uitgeverij De Arbeiderspers stelt alles in het werk om op milieuvriendelijke en duurzame wijze met natuurlijke bronnen om te gaan. Bij de productie van dit boek is gebruikgemaakt van papier dat het keurmerk van de Forest Stewardship Council (FSC) mag dragen. Bij dit papier is het zeker dat de productie niet tot bosvernietiging heeft geleid.

Oorspronkelijke titel: *Brida*
Oorspronkelijke uitgave: Editora Planeta do Brasil Ltda., São Paulo

Omslagontwerp: Nico Richter
Omslagillustratie: Frank Carter/LPI/Getty Images

ISBN 978 90 295 6627 8/NUR 302
www.arbeiderspers.nl
www.paulocoelho.nl

Voor je begint

In het boek *De pelgrimstocht naar Santiago* verving ik twee RAM-oefeningen door waarnemingsoefeningen die ik geleerd had uit de tijd dat ik me met theater bezighield. Hoewel het effect ervan volstrekt hetzelfde was, leverde me dat een ernstige reprimande van mijn Meester op. 'Het doet er niet toe of er snellere of gemakkelijkere methoden bestaan; de Traditie mag nooit veranderd worden,' zei hij.

Daarom zijn de weinige rituelen die ik in *Brida* beschrijf dezelfde als die al eeuwen gebruikt worden door de Traditie van de Maan – een bijzondere Traditie, die bij uitvoering zowel ervaring als daadwerkelijke toepassing vereist. Zulke rituelen gebruiken terwijl je daar niet in geschoold bent of bij begeleidt wordt, is gevaarlijk, af te raden en zinloos, en kan de Spirituele Zoektocht ernstig schaden.

We zaten avond aan avond in een café in Lourdes. Ik, een pelgrim op de heilige Weg naar Rome, die nog vele dagen van mijn zoektocht naar mijn Gave te gaan had. Zij, Brida O'Fern, die een gedeelte van deze weg beheerde.

Op een avond begon ik over een abdij, die in de Pyreneeën ligt en die deel uitmaakt van het stervormige pad dat de Ingewijden moeten afleggen. Ik vroeg haar of zij, toen zij die abdij voor het eerst zag, niet ook een heel sterke emotie ervaren had.

'Ik ben daar nooit geweest,' antwoordde zij.

Ik was verbaasd. Zij bezat tenslotte al een Gave.

'Alle wegen leiden naar Rome,' zei Brida, waarbij ze een oud spreekwoord gebruikte om me te zeggen dat de Gaven overal gewekt kunnen worden. 'Ik heb mijn Weg naar Rome in Ierland afgelegd.'

Tijdens onze volgende ontmoetingen deed ze mij het verhaal van haar zoektocht. Op het eind daarvan vroeg ik haar of ik wat ze me had verteld, zou mogen publiceren.

In eerste instantie ging ze akkoord. Maar iedere volgende keer dat we elkaar ontmoetten, had ze wel een nieuw bezwaar. Ze verzocht me de namen van de betrokkenen te veranderen, wilde weten wat voor soort mensen het zouden lezen en hoe hun reacties zouden zijn.

'Dat kan ik onmogelijk weten,' antwoordde ik, 'maar ik kan niet geloven dat je daarom zo veel problemen ziet.'

'Je hebt gelijk,' zei ze, 'ik vind gewoon dat het een heel persoonlijke ervaring is. Ik weet niet of de lezers er wel iets aan hebben.'

Dat is het risico dat we nu samen lopen, Brida. Een anonieme tekst uit de Traditie zegt dat ieder van ons in zijn leven óf de houding kan aannemen van een bouwer óf die van een planter. De bouwers kunnen jaren bezig zijn met de opgaven die ze zich hebben gesteld, maar op een dag stoppen ze en worden ze begrensd door de muren die ze zelf hebben opgetrokken. Hun leven verliest aan zin wanneer het bouwwerk is voltooid.

En dan zijn er de planters. Zij krijgen te maken met stormen en met seizoenen. Uitrusten is er zelden bij. Want anders dan een gebouw, groeit een tuin altijd door. En terwijl de tuin voortdurend zorg vereist, geeft hij tegelijkertijd zijn tuinman de kans zijn leven te leven als een groot avontuur.

De planters herkennen elkaar. Het zijn mensen die weten dat in het verhaal van iedere plant de groei van de gehele aarde besloten ligt.

Paulo Coelho

Ierland

Augustus 1983 – maart 1984

Zomer en herfst

‘Ik wil magie leren,’ zei het meisje.

De Magiër keek haar aan. Verschoten spijkerbroek, T-shirt, en die provocerende houding die verlegen mensen wel vaker aannemen op momenten dat ze dat beter niet kunnen doen. Ik ben misschien wel twee keer zo oud als zij, dacht hij. En toch, wist hij, bevond hij zich tegenover zijn Andere Deel.

‘Ik heet Brida,’ ging ze verder, ‘sorry dat ik me niet heb voorgesteld. Ik heb heel erg naar dit moment uitgekeken en ik ben zenuwachtig, erger dan ik dacht.’

‘Waarom wil je magie leren?’ vroeg hij.

‘Om antwoord te vinden op een paar vragen in mijn leven. Om de occulte machten te leren kennen. En misschien om uitstapjes naar het verleden en de toekomst te maken.’

Het was niet de eerste keer dat er iemand naar het woud kwam en hem dat vroeg. Er was een tijd geweest dat hij een heel bekend en door de Traditie gerespecteerd Meester was. Hij had verscheidene leerlingen gehad en hij had gemeend dat de wereld veranderen zou in de mate waarin hij de mensen in zijn directe omgeving veranderen kon. Maar hij had een fout begaan. En de Meesters van de Traditie mogen geen fouten begaan.

‘Vind je jezelf niet erg jong?’

‘Ik ben eenentwintig,’ zei Brida, ‘voor ballet zou ik nu al te oud zijn.’

De Magiër gaf haar een teken dat ze hem moest volgen. De twee begonnen samen door het woud te lopen, ze zwegen. Ze is een schoonheid, dacht hij, terwijl de schaduwen van de bomen snel van positie veranderden, want de zon was al dicht bij de horizon. Maar ik ben twee keer zo oud als zij. Dat betekende dat hem misschien het nodige lijden wachtte.

Brida ergerde zich dat de man naast haar niets zei; op haar laatste opmerking had hij niet eens gereageerd. De bodem van het bos was vochtig, bedekt met afgevallen blad; ook zij zag dat de schaduwen veranderden en dat het snel avond werd. Binnen de kortste keren zou het donker zijn, en geen van beiden had een zaklantaren bij zich.

Ik moet hem vertrouwen, sprak ze zichzelf moed in. Als ik geloof dat hij me magie kan leren, dan geloof ik ook dat hij me door een bos kan leiden.

Ze liepen door. Het leek wel of hij maar wat rondliep en van richting veranderde zonder dat een obstakel daar aanleiding toe gaf. Meer dan eens bleken ze in een cirkel te hebben gelopen, drie of vier keer passeerden ze dezelfde plek.

Wie weet is dit een test, dacht ze. Ze was vastbesloten de test tot het einde toe vol te houden en probeerde zichzelf voor te houden dat alles wat er gebeurde – ook dat rondjes lopen – volstrekt normaal was.

Ze had naar deze ontmoeting uitgezien en er een behoorlijke reis voor over gehad. Vanaf Dublin was het bijna honderdvijftig kilometer, en de bussen naar het dorp hadden niets comfortabels en vertrokken op bizarre tijden. Ze had vroeg moeten opstaan, drie uur moeten reizen. In het dorp aangekomen had ze naar hem moeten vragen, en moeten uitleggen wat ze van zo'n vreemde man wilde. Ten slotte hadden ze haar het deel van het woud aangewezen waar hij gewoonlijk de dag doorbracht – maar niet zonder dat iemand haar had gewaarschuwd dat hij al eens geprobeerd had een van de meisjes van het dorp te verleiden.

Hij is een interessante man, dacht ze bij zichzelf. De weg ging nu over in een klim, en ze hoopte vurig dat de zon nog iets langer aan de hemel zou staan. Door de vochtige bladeren op de grond was ze bang dat ze zou uitglijden.

'Waarom wil je nou eigenlijk magie leren?'

Brida was blij dat de stilte verbroken was. Ze herhaalde het antwoord dat ze eerder had gegeven.

Maar hij nam er geen genoegen mee.

'Misschien wil je magie leren omdat het iets mysterieus en occults is. Omdat de magie antwoorden heeft die maar weinig mensen tijdens hun leven kunnen vinden. Maar misschien vooral omdat het voor jou iets uit een romantisch verleden is.'

Brida zei niets. Ze wist niet wat ze moest zeggen. Ze hoopte maar dat hij terugkeerde naar zijn normale zwijgen, want ze was bang een antwoord te geven dat hem niet zou bevallen.

Nadat ze het hele woud hadden doorgelopen kwamen ze boven op een berg. De bodem was rotsachtig en vegetatie was er niet; maar het was er minder glibberig, en Brida liep zonder problemen met de Magiër mee.

Hij ging naar de top toe, ging zitten en vroeg Brida hetzelfde te doen.

'Anderen waren hier vóór jou,' zei de Magiër, 'ze kwamen me vragen om hun magie te leren. Maar ik heb al alles onderwezen wat ik moest onderwijzen, ik heb de mensheid al teruggegeven wat zij me geschonken heeft. Nu wil ik alleen zijn, de bergen beklimmen, me om de planten bekommeren, en één zijn met God.'

'Dat is niet waar,' antwoordde het meisje.

'Wat is niet waar?' Hij was verbaasd.

'Misschien wil je één zijn met God. Maar het is niet waar dat je alleen wilt zijn.'

Brida kon haar tong wel afbijten. Ze had het in een impuls gezegd, en nu was het te laat om haar fout te herstellen. Misschien bestonden er wel mensen die graag alleen waren. Misschien hadden vrouwen wel meer behoefte aan mannen dan mannen aan vrouwen.

Maar de Magiër klonk niet geïrriteerd toen hij opnieuw sprak.

'Ik wil je een vraag stellen,' zei hij, 'en ik verwacht een volstrekt eerlijk antwoord van jou. Als je me een eerlijk antwoord geeft, leer ik jou waar je om vroeg. Als je liegt, moet je nooit meer naar dit bos terugkeren.'

Brida haalde opgelucht adem. Hij zou gewoon een vraag stellen, en zij moest niet liegen, dat was alles. Ze had altijd gedacht dat een Meester wel zwaardere eisen zou stellen aan een leerling die hij aannam.

Hij ging recht tegenover haar zitten. Zijn ogen schitterden.

'Laten we ervan uitgaan dat ik begin met jou te leren wat ik heb geleerd,' zei hij, zijn ogen verankerd in die van haar. 'Dat ik jou de parallelle universums laat zien die ons omringen, de engelen, en de wijsheid van de natuur, de mysteriën van de Traditie van de Zon en van de Traditie van de Maan. Maar op zekere dag ga jij in het dorp boodschappen doen, en vervolgens kom je daar op straat de man van je leven tegen.'

Ik zou niet weten hoe ik hem herkennen moest, dacht zij bij zichzelf. Maar ze besloot te zwijgen; het leek een moeilijkere vraag dan ze had gedacht.

'Hij voelt hetzelfde en stapt op je af. Jullie worden verliefd. Jij zet je studie bij mij voort, overdag laat ik jou de wijsheid van de Kosmos zien, en 's nachts laat hij jou de wijsheid van de Liefde zien. Maar er komt een moment waarop die twee dingen niet langer samengaan. En jij moet kiezen.'

De Magiër nam even een pauze. Voor hij aan zijn vraag was begonnen, was hij bang voor het antwoord van het meisje geweest. Haar komst, die middag, betekende dat er voor hen beiden een fase in hun leven ten einde gekomen was. Hij wist dit, omdat hij de tradities en de ideeën van de Meesters kende. Hij had haar evenzeer nodig als zij hem. Maar zij moest wel de waarheid spreken op dat moment; dat was de enige voorwaarde. Hij vatte moed en zei eindelijk: 'Nu moet je mij in alle oprechtheid antwoorden, zou jij alles wat je tot dan toe had geleerd, alle mogelijkheden en alle mysteriën die de wereld van de magie jou kon schenken, zou je dat allemaal laten vallen om bij de man van je leven te blijven, of zou je dat niet doen?'

Brida ontweek zijn blik. Om hem heen lagen de bergen en de bossen, en beneden in de diepte gingen in het dorpje de lichten aan. De schoorstenen rookten, nog even en de gezinnen zouden aan tafel gaan voor het avondeten. Het waren rechtschapen, godvrezende mensen die hard werkten en hun naasten probeerden te helpen. Ze deden dat allemaal omdat ze de liefde kenden. Hun levens waren tot ontplooiing gekomen, en ze waren in staat om alles wat zich in het universum afspeelde te begrijpen, zonder dat ze ooit van dingen als de Traditie van de Zon en de Traditie van de Maan hadden gehoord.

'Ik zie niet in hoe mijn zoektocht en mijn geluk met elkaar in tegenspraak kunnen zijn,' zei zij.

'Geef antwoord op wat ik je vroeg.' De Magiër keek haar strak aan. 'Zou jij voor die man alles opgeven of juist niet?'

Brida voelde een immense drang om te huilen. Het was niet slechts een vraag, het was een keuze, de moeilijkste keuze die een mens in zijn leven moet maken. Ze had er veel over nagedacht. Er was een tijd geweest dat niets ter wereld zo belangrijk was als zijzelf. Ze had veel vriendjes gehad, ze had steeds geloofd dat ze van hen hield, van ieder van hen, en steeds had ze meegemaakt dat de liefde van het ene op het andere moment voorbij was. Van alles wat zij tot dan toe had ervaren was de liefde het moeilijkst. Nu was ze verliefd op iemand die iets ouder was dan zij, natuurkunde studeerde en de wereld op een totaal andere manier zag dan zij. Opnieuw geloofde ze in de liefde en ze vertrouwde op haar gevoel, maar ze had zich zo vaak vergist dat ze van niets meer zeker was. Maar toch zette ze in haar leven alles op de liefde.

Ze ontweek de blik van de Magiër. Ze staarde naar het dorpje met de rokende schoorstenen. Juist via de liefde probeerde iedereen sinds het begin der tijden het universum te begrijpen.

'Ik zou de magie opgeven,' zei ze ten slotte.

Die man tegenover haar zou nooit begrijpen wat er zich in de harten van de mensen afspeelt. Het was iemand die de macht kende, de mysteriën van de magie, maar de mensen kende hij niet. Hij had grijzend haar, een gebruinde kop en het voorkomen van iemand die gewend is aan een leven in de bergen. Hij was charmant, met zijn ogen die zijn ziel weerspiegelden die vol antwoorden was. En hij was nu waarschijnlijk opnieuw teleurgesteld over de gevoelens van een gewoon iemand zoals zij. Zij was ook teleurgesteld over zichzelf, maar liegen mocht ze niet.

'Kijk me eens aan,' zei de Magiër.

Brida schaamde zich, maar keek toch.

'Je hebt de waarheid gesproken. Ik zal jou onderwijzen.'

Het was nu echt avond geworden. De sterren schitterden aan een maanloze hemel. In twee uur vertelde Brida aan die onbekende haar hele levensverhaal. Ze zocht naar dingen die haar interesse in de magie zouden verklaren – zoals visioenen toen ze klein was, voortekens, een innerlijke roep – maar ze kon niets vinden. Ze wilde magie leren, en dat was alles. En daarom had ze cursussen gevolgd in astrologie, tarot en numerologie.

'Dat zijn alleen maar talen,' zei de Magiër, 'en het zijn niet de enige. De magie spreekt alle talen van het hart van de mens.'

'Wat is magie eigenlijk?' vroeg zij.

Al was het donker, Brida merkte dat de Magiër zijn gezicht draaide en gebiologeerd naar de hemel keek. Misschien zocht hij een antwoord.

'De magie is een brug,' zei hij ten slotte, 'een brug die je toestaat om van de zichtbare naar de onzichtbare wereld te gaan. En de lessen van allebei die werelden te leren.'

'En hoe kan ik leren die brug over te steken?'

'Door je eigen manier van oversteken te ontdekken. Iedereen heeft zijn eigen manier.'

'Daarvoor ben ik nou juist hierheen gekomen.'

'Er zijn twee vormen,' antwoordde de Magiër, 'de Traditie van de Zon, die de geheimen aan de hand van de ruimte, aan de hand van de dingen die ons omringen onderwijst. En de Traditie van de Maan, die de geheimen aan de hand van de Tijd, aan de hand van de dingen die in het geheugen van de tijd opgeslagen liggen onderwijst.'

Brida had het begrepen. De Traditie van de Zon was die nacht, de bomen, de kou in haar lichaam, de sterren aan de hemel. En de Traditie van de Maan was die man tegenover haar, met de wijsheid van zijn voorouders die in zijn ogen blonk.

'Ik heb me de Traditie van de Maan eigen gemaakt,' zei de Magiër, alsof hij haar gedachten geraden had, 'maar een Meester ben ik daarin nooit geworden. Ik ben een Meester in de Traditie van de Zon.'

'Laat me de Traditie van de Zon zien,' zei Brida, niet op haar gemak, want ze had een zekere tederheid in de stem van de Magiër bemerkt.

'Ik zal je leren wat ik heb geleerd. Maar binnen de Traditie van de Zon zijn er tal van wegen. We moeten vertrouwen hebben in het vermogen dat ieder van ons heeft om zichzelf dingen bij te brengen.'

Brida had zich niet vergist. In de stem van de Magiër klonk tederheid door. Dat maakte haar bang, in plaats van dat het haar meer op haar gemak deed voelen.

'Ik kan de Traditie van de Zon begrijpen,' zei ze.

De Magiër keek niet langer naar de sterren, maar concentreerde zich nu op het meisje. Hij wist dat zij nog niet in staat was zich de Traditie van de Zon eigen te maken. Toch moest hij haar onderwijzen. Sommige leerlingen kiezen hun Meesters.

‘Ik wil één ding opmerken, nog voor de eerste les,’ zei hij. ‘Als iemand zijn weg vindt, mag hij geen angst hebben. Hij moet over voldoende moed beschikken om ook verkeerde stappen te zetten. Teleurstellingen, nederlagen, ontmoediging zijn werktuigen die God gebruikt om de weg te tonen.’

‘Merkwaardige werktuigen,’ zei Brida, ‘daardoor geven de mensen vaak op.’

De Magiër kende de reden. In zijn lichaam en ziel had hij de merkwaardige werktuigen van God al ervaren.

‘Leer me de Traditie van de Zon,’ drong ze aan.

De Magiër vroeg Brida om op een vooruitspringend deel van de rots te gaan liggen en te ontspannen.

‘Je hoeft je ogen niet te sluiten. Kijk naar de wereld om je heen en begrijp alles wat je kunt begrijpen. De Traditie van de Zon laat op ieder moment aan iedere mens de eeuwige wijsheid zien.’

Brida deed wat de Magiër haar opdroeg. Maar ze vond dat hij wel erg snel ging.

‘Dit is de eerste en de belangrijkste les,’ zei hij, ‘ze werd bedacht door een Spaanse mysticus die de betekenis van het geloof begreep. Hij heette Juan de la Cruz.’

Hij keek naar het meisje, bezorgd maar ook vol vertrouwen. Uit het diepst van zijn hart hoopte hij dat zij zou begrijpen wat hij haar op dat moment onderwees. Per slot van rekening was zij zijn Andere Deel, ook al wist ze dat nog niet, ook al was ze nog heel jong en was ze vooral geboeid door de mensen en de dingen van de wereld.

Brida zag door de duisternis heen hoe de gestalte van de Magiër het woud in ging en tussen de bomen links van haar verdween. Ze was bang om daar alleen te zijn en ze probeerde ontspannen te blijven. Dit was haar eerste les, ze mocht geen enkele nervositeit laten blijken.

Hij heeft me aangenomen als leerling, ik mag hem niet teleurstellen, zei ze tegen zichzelf.

Ze was tevreden over zichzelf, en tegelijkertijd verbaasd over de snelheid waarmee alles in zijn werk gegaan was. Maar geen moment had ze aan zichzelf getwijfeld, aan haar eigen capaciteiten – ze was trots op zichzelf, en op dat wat haar hierheen had gebracht. Ze was ervan overtuigd dat de Magiër vanaf een plek ergens op de rots toekeek om te zien hoe haar reacties waren, of ze in staat was zich de eerste les van de magie eigen te maken. Hij had over moed gesproken; zelfs al was ze bang – uit het diepst van haar geest kwamen beelden naar boven van slangen en schorpioenen die deze rots bewoonden – ze moest moed tonen. Straks zou hij terugkomen om haar de eerste les te geven.

Ik ben een sterke vrouw en een vrouw die weet wat ze wil, herhaalde ze zachtjes tegen zichzelf. Ze was een bevoorrecht iemand omdat ze daar mocht zijn, met die man die door de mensen geadoreerd óf gevreesd werd. Ze liet de middag die ze samen hadden doorgebracht de revue passeren, herinnerde zich het moment waarop ze een zekere tederheid in zijn stem had bespeurd. Wie weet vindt hij me wel een interessante vrouw, dacht ze, en misschien wil hij wel met me naar bed. Dat zou geen slechte ervaring zijn; hij had een bijzondere blik in zijn ogen.

Wat een rare gedachten, vond ze. Ze was hier, op zoek naar iets heel concreets – een weg naar kennis –, en plotseling voelde ze zich weer een gewone vrouw. Ze probeerde er niet meer aan te denken, en besefte ineens dat er al veel tijd voorbij was sinds de Magiër haar daar alleen had achtergelaten.

Ze voelde een lichte paniek opkomen: de reputatie die de man had was er een vol tegenstrijdigheden. Sommigen zeiden dat hij de machtigste Meester was die ze ooit hadden ontmoet, dat hij in staat was om de wind van richting te laten veranderen, gaten te maken in wolken, alleen maar door de kracht van zijn gedachten. Net als iedereen werd Brida gefascineerd door dit soort wonderen.

Maar anderen – mensen die in de wereld van de magie verkeerden en die dezelfde cursussen volgden als zij – verzekerden dat hij een zwarte magiër was, die ooit een man met zijn Macht had vernietigd, omdat hij verliefd was geworden op de vrouw van die man. En daarom was hij, ook al was hij een Meester, veroordeeld om door de eenzame bossen te zwerven.

Misschien heeft de eenzaamheid hem nog gekker gemaakt, dacht Brida, en opnieuw voelde ze een lichte paniek. Ondanks haar jeugd wist ze welke schade eenzaamheid in mensen kon aanrichten, vooral met het klimmen der jaren. Ze had mensen ontmoet die alle levenslust hadden verloren omdat ze het niet meer op hadden kunnen brengen om tegen de eenzaamheid te vechten en er ten slotte verslaafd aan waren geraakt. Voor het merendeel waren het mensen die de wereld voor een plaats zonder waardigheid of glorie hielden, die hun middagen en avonden doorbrachten met onophoudelijk te praten over de fouten die anderen hadden begaan. Het waren mensen die de eenzaamheid veranderd had in rechters van de wereld, die hun oordelen klaar hadden voor iedereen die ze maar horen wilde. Misschien was de Magiër gek geworden van eenzaamheid.

Plotseling klonk opzij van haar een heel hard geluid, ze schrok en sprong op, haar hart bonsde in haar keel. Het gevoel alleen gelaten te zijn was volledig verdwenen. Ze keek om zich heen en kon niets onderscheiden. Een golf van angst leek op te wellen uit haar buik en zich over haar hele lichaam te verspreiden.

Ik moet me zien te beheersen, dacht ze, maar dat was onmogelijk. Voor haar verschenen slangen en schorpioenen, de angstbeelden uit haar kindertijd. Brida was te zeer geschrokken om zich in de hand te kunnen houden. Een ander beeld verscheen: dat van een machtige magiër, die een pact met de duivel had en die aan de duivel haar leven aanbood als offer.

'Waar ben je?' gilde ze ten slotte. Op iemand een goede indruk maken wilde ze niet meer. Het enige wat ze wilde was daar weg zien te komen.

Niemand antwoordde.

'Ik wil hier weg! Help!'

Maar het enige wat er was, was het bos met zijn vreemde geluiden. Brida voelde zich duizelig worden van angst, dacht dat ze zou flauwvallen. Maar dat mocht ze niet; nu ze zeker wist dat hij niet in de buurt was, zou flauwvallen het ergste zijn. Ze moest zich zien te beheersen.

Ze voelde dat er een kracht in haar was, een kracht die vocht opdat ze niet haar zelfbeheersing zou verliezen. Ze besefte dat ze niet door moest gaan met gillen. Haar gegil kon de aandacht trekken van andere mensen die in het bos leefden en mensen die in bossen leven zijn misschien gevaarlijker dan wilde dieren.

'Ik vertrouw,' begon ze zachtjes te herhalen. 'Ik vertrouw op God, op mijn Engelbewaarder die me hierheen heeft gebracht en die steeds bij me is. Ik kan niet zeggen hoe hij is, maar ik weet dat hij vlakbij is. Hij zal over me waken, mijn voet zal ik niet stoten aan een steen.'

De laatste zin kwam uit een Psalm die ze als klein kind geleerd had en die ze zich na vele jaren nu plotseling herinnerde. Haar grootmoeder, die nog maar onlangs gestorven was, had haar die geleerd. Het zou fijn zijn als haar grootmoeder nu bij haar zou zijn; en meteen voelde ze een warme, beschermende aanwezigheid.

Ze begon te begrijpen dat er een groot verschil was tussen gevaar en angst.

'Wie in de beschutting van de Allerhoogste woont...' zo begon de Psalm. Ze bemerkte dat ze zich hem helemaal herinnerde, woord voor woord, precies alsof haar grootmoeder hem voor haar op dat moment reciteerde. Een poos reciteerde ze de Psalm aan één stuk door, en ondanks haar angst voelde ze zich nu rustiger. Ze had ook geen keus: óf ze geloofde in God en in haar Engelbewaarder, óf ze was nu een en al wanhoop.

Ze voelde een beschermende aanwezigheid. Ik moet in die aanwezigheid geloven, zei ze tegen zichzelf. Ik kan haar niet verklaren, maar zij bestaat. En ze blijft de hele nacht hier bij mij, want ik zou niet weten hoe ik in mijn eentje hier weg kan komen.

Toen ze klein was, werd ze vaak midden in de nacht in paniek wakker. Haar vader ging dan met haar naar het raam en liet haar de stad zien waar ze woonden. Hij sprak over nachtwakers, over de melkboer die al bezig was de melk af te leveren, over de bakker die al nieuw brood bakte. Haar vader vroeg haar dan om de monsters, waarmee zij de nacht had bevolkt, te vervangen door de mensen die nu werkten en in de duisternis de wacht hielden. 'De nacht is alleen maar een deel van de dag,' zei hij.

De nacht was alleen maar een deel van de dag. En net zoals ze zich beschermd voelde door het licht, kon ze zich beschermd voelen door het duister. Het duister bracht haar ertoe die beschermende aanwezigheid aan te roepen. Ze moest op haar vertrouwen. En dat vertrouwen noemden ze Geloof.

Niemand zou ooit het Geloof kunnen begrijpen. Het Geloof was precies hetgeen ze nu ervoer, een onverklaarbare onderdompeling in een donkere nacht zoals deze. Die bestond alleen omdat men erin geloofde. Net als wonderen, waar ook geen verklaring voor is, maar die gebeuren voor wie in wonderen gelooft.

Maar hij heeft het over de eerste les gehad, besefte ze plotseling. De beschermende aanwezigheid was daar, omdat zij erin geloofde. Brida begon de vermoeidheid te voelen van zo veel uren van spanning. Langzaam ontspande ze weer, en ze voelde zich met de minuut meer beschermd.

Ze had Geloof. En haar Geloof zou niet toestaan dat het woud opnieuw bevolkt werd door schorpioenen en slangen. Haar Geloof zou haar Engelbewaarder wakker houden en hij zou over haar waken.

Ze ging weer liggen, en viel in slaap zonder dat te beseffen.

Toen ze wakker werd was het al licht, en een prachtige zon gaf alles om haar heen kleur. Ze had het een beetje koud, haar kleren waren vuil, maar haar ziel jubelde en was blij. Ze had een hele nacht in een woud doorgebracht, alleen.

Ze keek om zich heen, zocht de Magiër, ook al wist ze dat dit zinloos was. Hij zwierf vast door de bossen en probeerde 'één te zijn met God', en misschien stelde hij zichzelf wel de vraag of dat meisje van de vorige avond de moed had gehad om de eerste les van de Traditie van de Zon te leren.

'Ik heb over de Donkere Nacht geleerd,' zei ze tegen het woud, dat nu een en al stilte was. 'Ik heb geleerd dat de zoektocht naar God een Donkere Nacht is. Dat het Geloof een Donkere Nacht is.'

Niets opzienbarends, zo bedacht ze, iedere dag in het leven van een mens is een donkere nacht. Niemand weet wat er de volgende minuut gaat gebeuren, en toch gaan de mensen verder. Omdat ze vertrouwen hebben. Omdat ze Geloof hebben.

Of, wie weet, omdat ze het geheim dat in de volgende seconde besloten ligt misschien niet begrijpen. Maar dat was volstrekt onbelangrijk – van belang was het besef dat zij het begrepen had.

Dat ieder moment in het leven een daad van Geloof was.

Dat ze ieder moment kon bevolken met slangen en schorpioenen, of met een beschermende kracht.

Dat er voor het Geloof geen verklaringen waren. Dat het een Donkere Nacht was. Dat zij het kon accepteren of niet.

Brida keek op haar horloge en zag dat het al laat was. Ze moest de bus zien te halen, drie uur reizen, en een paar overtuigende verklaringen voor haar vriendje bedenken; hij zou nooit geloven dat ze een hele nacht in haar eentje in een woud had doorgebracht.

'De Traditie van de Zon is heel erg moeilijk!' riep ze tegen het woud, 'ik moet mijn eigen Meester zijn, en dat had ik niet verwacht!'

Ze keek naar het dorpje in de diepte, stippelde in gedachten de route uit die ze door de bossen moest volgen, en begon aan haar tocht. Maar eerst keerde ze nog even terug naar de rots.

'Ik wil nog iets zeggen,' riep ze uitgelaten, 'je bent een bijzonder interessante man.'

Tegen de stam van een oude boom geleund zag de Magiër hoe het meisje in het bos verdween. Hij had die nacht haar angst gehoord, haar gegil. Op een bepaald moment had hij naar haar toe willen gaan, zijn armen om haar heen willen slaan, haar willen beschermen tegen haar angst, willen zeggen dat zij dit soort uitdaging niet hoefde aangaan.

Nu was hij blij dat hij dat niet had gedaan. En trots dat dit meisje, met al haar jeugdige verwarring, zijn Andere Deel was.

In het centrum van Dublin is een boekhandel die gespecialiseerd is in de meer diepgravende verhandelingen over het occultisme. Zo'n zaak waarvan je in kranten of tijdschriften nooit advertenties zult aantreffen – wie er komt is door anderen verwezen. De boekhandelaar is content, omdat hij een selecte, gespecialiseerde klantenkring heeft.

Toch is het in die boekenzaak altijd druk. Ze had er al vaker over gehoord, maar uiteindelijk kreeg Brida het adres via haar leraar van de cursus 'astraal reizen'. Op een middag na het werk ging ze erheen, en ze vond het meteen een heerlijke plek.

Sindsdien was ze, wanneer ze maar kon, daar te vinden, om in de boeken te kijken – alleen maar dat, want het waren stuk voor stuk zeer dure, geïmporteerde boeken. Ze bladerde ze de een na de ander door, vol aandacht voor de tekeningen en de symbolen die in sommige stonden, en ze voelde de vibratie van al die opgeslagen kennis. De ervaring met de Magiër had haar voorzichtiger gemaakt. Zo nu en dan beklaagde ze zich over zichzelf omdat er dingen waren die haar verstand te boven gingen. Ze had het gevoel dat haar in dit leven iets belangrijks ontging, dat ze op deze manier almaar hetzelfde zou meemaken. Maar ze had niet de moed om te veranderen. Ze moest altijd haar weg kunnen zien; nu ze de Donkere Nacht kende wist ze dat ze niet door die nacht wilde gaan.

En al was ze dan af en toe ontevreden over zichzelf, over haar eigen grenzen heen gaan was onmogelijk.

De boeken waren veiliger. De kasten bevatten heruitgaven van verhandelingen die honderden jaren geleden geschreven waren – slechts weinigen waagden het om binnen dit terrein met iets nieuws te komen. En de occulte wijsheid leek op die bladzijden afstandelijk en afwezig te glimlachen om het gestuntel van de mensen om haar te onthullen, iedere generatie opnieuw.

Behalve de boeken had Brida een andere reden om vaak in de boekenzaak te komen: om de vaste klanten te observeren. Soms bladerde ze de volumineuze verhandelingen van alchemisten door, maar eigenlijk bespiedde ze dan de mannen en vrouwen – meestal ouder dan zij – die wisten wat ze zochten en die meteen naar de juiste plank gingen. Ze probeerde zich voor te stellen hoe ze privé waren. Soms leken het wijzen, die over het vermogen beschikten krachten en machten op te wekken die andere stervelingen onbekend waren. Soms leken het slechts wanhopigen te zijn, die opnieuw antwoorden probeerden te vinden, die ze lang geleden vergeten waren – en zonder welke het leven niet langer zin had.

Het viel haar ook op dat de meer geregelde klanten steevast een praatje aanknoopten met de boekhandelaar. Ze spraken over raadselachtige zaken zoals maanstanden, eigenschappen van stenen, en hoe bepaalde rituele woorden uitgesproken dienden te worden.

Op zekere middag vatte Brida moed om ook een praatje te beginnen. Ze kwam van haar werk, waar alles perfect was verlopen. Ze vond dat ze zo'n geluksdag moest uitbuiten.

'Ik weet dat er geheime genootschappen bestaan,' zei ze. Ze vond het een goede opening van een gesprek. Zij 'wist' het een en ander.

Maar het enige wat gebeurde was dat de boekhandelaar verbaasd opkeek van de berekeningen die hij aan het maken was.

'Ik ben bij de Magiër van Folk geweest,' zei Brida, enigszins van haar stuk gebracht en niet wetende hoe nu verder te gaan. 'Hij heeft me verteld over de Donkere Nacht. Hij zei dat de weg van de wijsheid is niet bang te zijn om fouten te maken.'

Ze zag dat de boekhandelaar al wat aandachtiger luisterde. Als de Magiër haar iets had geleerd, dan moest zij wel een bijzonder iemand zijn.

'Als u weet dat de weg de Donkere Nacht is, waarom zoekt u dan boeken?' zei hij ten slotte, en zij begreep dat de verwijzing naar de Magiër geen goed idee was geweest.

'Omdat ik niet op die manier wil leren,' verbeterde zij zichzelf.

De boekhandelaar bleef het meisje dat voor hem stond aankijken. Zij bezat een Gave. Maar het was merkwaardig dat de Magiër van Folk alleen daarom zo veel aandacht aan haar had geschonken. Het kon ook een leugentje zijn, maar ze had een opmerking gemaakt over de Donkere Nacht.

'Ik zie u hier de laatste tijd voortdurend,' zei hij, 'u komt binnen, bladert alles door, en koopt nooit iets.'

'De boeken zijn duur,' zei Brida, die het idee had dat hij het gesprek wilde voortzetten. 'Ik heb al wel andere boeken gelezen, ik heb verschillende cursussen gevolgd.'

Ze noemde haar leraren. Misschien was de boekhandelaar nu nog meer onder de indruk.

Opnieuw liep het anders dan ze verwachtte. De boekhandelaar onderbrak haar, en richtte zich tot een klant die wilde weten of de almanak met planetaire posities voor de komende honderd jaar al binnen was.

De boekhandelaar inspecteerde een reeks pakketjes die onder de toonbank lagen. Brida zag dat de pakketjes stempels droegen uit alle windstreken.

Ze werd steeds zenuwachtiger; haar aanvankelijke moed was volledig verdwenen. Maar ze moest wachten tot de klant het boek had ingekeken, had betaald, zijn wisselgeld had aangenomen en weg was. Toen pas wendde de boekhandelaar zich weer tot haar.

‘Ik weet niet wat ik verder zeggen moet,’ zei Brida. Ze begon te blozen.

‘Waar bent u goed in?’ vroeg hij.

‘Achter dingen aangaan waar ik in geloof.’ Een ander antwoord was er niet. Dat deed ze nu eenmaal, ze rende achter dingen aan waarin ze geloofde.

De moeilijkheid was dat ze iedere dag in iets anders geloofde.

De boekhandelaar schreef een naam in een hoekje van het vel papier waarop hij zijn berekeningen maakte. Hij scheurde het hoekje eraf en hield het in zijn hand.

‘Ik geef u een adres,’ zei hij, ‘er is een tijd geweest waarin mensen magische ervaringen aanvaardden als iets natuurlijks. In die tijd waren er ook geen priesters. En ging niemand achter occulte geheimen aan.’

Brida wist niet of hij zichzelf bedoelde.

‘Weet u wat magie is?’ zei hij.

‘Het is een brug. Een brug tussen de zichtbare en de onzichtbare wereld.’

De boekhandelaar reikte haar het papiertje aan. Er stond een telefoonnummer op, en een naam: Wicca.

Vlug nam Brida het papiertje aan, bedankte hem en vertrok. Bij de deur draaide ze zich naar hem om.

‘En ik weet ook dat de magie vele talen spreekt. Ook die van boekhandelaren die doen alsof ze moeilijk zijn, maar die eigenlijk hartelijk en toegankelijk zijn.’

Ze blies hem een kusje toe en ging de deur uit. De boekhandelaar onderbrak zijn rekenwerk en keek zijn winkel rond. De Magiër van Folk heeft haar die dingen bijgebracht, dacht hij bij zichzelf. Een Gave, hoe groot ook, was op zich onvoldoende om de interesse van de Magiër te wekken; er moest nog een reden zijn. Wicca zou kunnen ontdekken wat die reden was.

Het was al sluitingstijd. Het viel de boekhandelaar op dat

het publiek van zijn winkel veranderde. Het werd steeds jonger – zoals de oude verhandelingen, die zijn kasten uitpuilden, zeiden, begonnen de dingen eindelijk terug te keren naar de plaats waaruit ze vertrokken waren.

Het oude gebouw lag in het centrum van de stad, op een plek waar vandaag de dag alleen toeristen komen op zoek naar de romantiek van de vorige eeuw. Brida had een week moeten wachten voor Wicca haar wilde ontvangen. Nu stond ze voor een grijs, mysterieus bouwwerk en ze probeerde haar opwinding te beheersen. Het gebouw sloot perfect aan bij het plaatje dat ze van haar zoektocht had; mensen die de boekwinkel bezochten, moesten op een plek wonen als deze.

Het gebouw had geen lift. Ze liep de trap op, langzaam, want ze wilde niet buiten adem aankomen. Op de derde verdieping drukte ze op de bel van de enige deur die er was.

Binnen blafte een hond. Het duurde even voor een slanke, goed geklede, streng ogende vrouw haar opendeed.

'Ik heb u laatst gebeld,' zei Brida.

Wicca gaf haar een teken binnen te komen, en Brida bevond zich in een geheel witte woonkamer, met moderne kunst aan de muur en op de tafels. Gordijnen, eveneens wit, filterden het zonlicht; het vertrek was in verschillende sferen onderverdeeld, maar de zitbanken, de eettafel en de goedgevulde bibliotheek ademden harmonie. De ruimte was bijzonder smaakvol ingericht en Brida moest denken aan de architectuurtijdschriften die ze doorkeek bij de krantenkiosken.

Dit zal aardig wat gekost hebben, was haar enige gedachte.

Wicca leidde haar naar een hoek van de immense woonkamer, waar twee in leer en staal uitgevoerde fauteuils van Italiaans design stonden. Tussen de twee fauteuils bevond zich een laag glazen tafeltje, de poten eveneens van staal.

'Je bent heel erg jong,' zei Wicca uiteindelijk.

Over ballet enzovoort beginnen deed ze maar niet. Brida zweeg en wachtte een volgende opmerking af. Ondertussen probeerde ze zich voor te stellen wat een zo modern ingerichte ruimte in zo'n oud gebouw deed. Haar romantische idee van haar zoektocht naar kennis was opnieuw aan diggelen.

'Hij heeft me gebeld,' zei Wicca. Brida begreep dat ze de boekhandelaar bedoelde.

'Ik ben gekomen omdat ik een Meester zoek. Ik wilde het pad van de magie volgen.'

Wicca keek het meisje aan. Zij had echt een Gave. Maar Wicca wilde weten waarom de Magiër van Folk zo'n belangstelling voor haar had. De Gave op zich was niet voldoende. Als de Magiër begonnen was haar in de magie in te wijden, dan was hij misschien onder de indruk geweest van de helderheid waarmee de Gave zich in het meisje openbaarde. Maar hij was voldoende door de wol geverfd om te weten dat iedereen een Gave bezit; dat was een valkuil waar hij niet meer in zou trappen.

Ze stond op, liep naar de boekenkast en pakte haar lievelingspakje speelkaarten.

'Kun je kaartleggen?' vroeg ze.

Brida knikte. Ze had een paar cursussen gedaan, wist dat het spel kaarten dat de vrouw in haar hand had, een tarot was en achtenzeventig kaarten telde. Ze had een aantal manieren geleerd om de tarot te leggen en was blij dat ze een kans kreeg om haar kennis te tonen.

Maar de vrouw hield het kaartspel bij zich. Ze schudde de kaarten, legde ze op het glazen tafeltje, met de plaatjes naar beneden. Ze tuurde naar de kaarten zoals ze daar lagen, ongeordend, volstrekt afwijkend van de methoden die Brida op haar cursussen had geleerd. Vervolgens zei ze een paar woorden in een vreemde taal, en draaide ze een van de kaarten om.

De kaart was nummer drieëntwintig. Een stavenkoning.

'Goede bescherming,' zei ze, 'van een machtige, sterke man, met zwart haar.'

Haar vriend was machtig noch sterk. En de Magiër had grijzend haar.

'Denk niet aan zijn fysieke voorkomen,' zei Wicca, alsof ze haar gedachten had geraden. 'Denk aan je Andere Deel.'

'Wat is het Andere Deel?' Brida stond verbaasd over de vrouw. Zij boezemde haar een mysterieus respect in, iets heel anders dan ze ervaren had bij de Magiër, of bij de boekhandelaar.

Wicca beantwoordde haar vraag niet. Ze schudde opnieuw de kaarten, en opnieuw spreidde ze die zonder enige ordening op tafel uit – maar dit keer wel met de plaatjes naar boven. De kaart die in het midden van deze duidelijke wanorde lag was kaart nummer elf. De Kracht. Een vrouw die de muil van een leeuw opentrekt.

Wicca pakte de kaart op en vroeg haar om hem vast te houden. Brida hield hem vast, wist niet goed wat ze moest doen.

'Jouw sterkste kant is in eerdere reïncarnaties altijd vrouw geweest,' zei ze.

'Wat is het Andere Deel?' zei Brida koppig. Het was de eerste keer dat ze met die vrouw de confrontatie aanging, zij het uiterst schuchter.

Wicca deed er even het zwijgen toe. Ze voelde enige argwaan in het diepst van haar geest – de Magiër had het meisje niet over het Andere Deel onderwezen. Ach, onzin, zei ze tegen zichzelf en ze schoof de gedachte opzij.

'Het Andere Deel is het eerste wat mensen leren wanneer ze de Traditie van de Maan willen volgen,' antwoordde ze, 'pas als je dat begrijpt, begrijp je hoe de kennis door de tijd doorgegeven kan worden.'

Ze begon het uit te leggen. Brida zweeg, in spanning.

'We zijn eeuwig, omdat we manifestaties van God zijn,'

zei Wicca, 'daardoor gaan we door vele levens heen en door vele doden, we vertrekken uit een punt dat we niet kennen en gaan naar een punt dat we evenmin kennen. Wen er maar aan dat vele zaken in de magie nooit ofte nimmer uitgelegd worden of zúllen worden. God heeft bepaalde dingen op een bepaalde manier willen doen, en waarom Hij dat deed is een geheim dat alleen Hij kent.'

De Donkere Nacht van het Geloof, dacht Brida. Iets wat dus ook binnen de Traditie van de Maan bestond.

'Feit is dat het gebeurt,' ging Wicca verder, 'wanneer mensen over reïncarnatie nadenken, zien ze zich altijd geplaatst voor een heel moeilijke vraag: als in het begin zo weinig mensen op aarde waren en vandaag de dag zoveel, waar komen die nieuwe zielen dan vandaan?'

Brida hield haar adem in. Ze had zich deze vraag al vaak gesteld.

'Het antwoord is heel simpel,' zei Wicca, na even genoten te hebben van de spanning die ze bij het meisje voelde. 'Bij bepaalde reïncarnaties delen we ons. Zoals de kristallen en de sterren, zoals de cellen en de planten, zo delen onze zielen zich ook.

Onze ziel transformeert zich tot twee zielen, deze nieuwe zielen transformeren zich ieder tot weer twee, en op die manier zijn we binnen enkele generaties verspreid over een groot deel van de aarde.'

'En maar één van deze delen is zich bewust van wie het is?' vroeg Brida. Ze had nog tal van vragen, maar wilde ze niet allemaal tegelijk stellen; deze leek haar de belangrijkste.

'We maken deel uit van wat de alchemisten *Anima Mundi*, *Alma Mundi*, of Wereldziel, noemen,' zei Wicca, zonder Brida te antwoorden. 'Als de Anima Mundi zich in werkelijkheid alleen maar zou delen, zou ze weliswaar groeien, maar ook steeds zwakker worden. En daarom, zoals we ons delen, zo komen we ook weer bij elkaar terug. En dat weerzien wordt Liefde genoemd. Want wanneer een ziel zich deelt, deelt ze zich altijd in een mannelijk en een vrouwelijk deel.

Zo staat het uitgelegd in het boek Genesis: "De ziel van Adam deelde zich, en Eva werd geboren in hem."'

Wicca zweeg plotseling en tuurde naar het kaartspel dat op de tafel lag uitgespreid.

'Dit zijn vele kaarten,' ging ze verder, 'maar ze maken deel uit van een en hetzelfde spel kaarten. Om hun boodschap te begrijpen, hebben we ze allemaal nodig, ze zijn allemaal even belangrijk. Zo is het ook met de zielen. De mensen zijn allemaal onderling verbonden, zoals de kaarten van dit spel.

In ieder leven hebben we de mysterieuze opdracht om op zijn minst één van die Andere Delen terug te vinden. De Hoogste Liefde, die hen gescheiden heeft, is blij met de Liefde die hen opnieuw verenigt.'

'En hoe kan ik weten wie mijn Andere Deel is?' vroeg ze. Deze vraag beschouwde ze als een van de belangrijkste die ze tijdens haar hele leven had gesteld.

Wicca lachte. Eens had ze zich die vraag ook gesteld, met dezelfde gespannenheid als het meisje tegenover haar. Je kon het Andere Deel kennen aan de schittering in zijn of haar ogen – zo herkenden mensen, sinds het begin der tijden, hun ware liefde. De Traditie van de Maan had nog een andere manier: een soort visioen waarin je een lichtende stip zag boven de linkerschouder van het Andere Deel. Maar dat wilde ze haar nog niet vertellen; misschien zou ze na verloop van tijd leren om die stip te zien, misschien ook niet. Binnenkort zou ze het antwoord hebben.

'Door risico's aan te gaan,' zei ze tegen Brida, 'het risico van een mislukking, van teleurstelling, deceptie en ontgoocheling, en door nooit op te houden met de Liefde te zoeken. Wie het zoeken niet opgeeft, zal overwinnen.'

Brida bedacht dat de Magiër iets dergelijks had gezegd,

toen hij het had over het pad der magie. Misschien is het een en hetzelfde, dacht ze.

Wicca begon het kaartspel bij elkaar te vegen, en Brida vermoedde dat haar tijd bijna om was. Maar er was nóg een vraag die ze stellen wilde.

'Kan het gebeuren dat we in een enkel leven meer dan één Ander Deel ontmoeten?'

Ja, dacht Wicca, enigszins bitter. En als dat gebeurt, raakt je hart verdeeld, gespleten, en is het resultaat verdriet en lijden. Ja, we kunnen drie of vier Andere Delen tegenkomen, omdat we velen zijn, en zeer verspreid zijn. Het meisje stelde de juiste vragen, ze moest aan die vragen zien te ontkomen.

'In de Schepping draait het maar om één ding,' zei ze, 'de kern, het wezen, van de Schepping heet Liefde. De Liefde is de kracht die ons opnieuw samenbrengt, om de ervaring die over vele levens en vele oorden in de wereld is verspreid, te verdichten.

We zijn verantwoordelijk voor de hele Aarde, we weten immers niet waar alle Andere Delen zich bevinden die we vanaf de vroegste tijden geweest zijn; gaat het hun goed, dan zullen we gelukkig zijn. Gaat het hun slecht, dan zullen we, al is het in ons onderbewustzijn, een deel van hun verdriet ervaren. Maar vooral zijn we verantwoordelijk daarvoor, dat we ons minstens éénmaal per reïncarnatie opnieuw verenigen met het Andere Deel, dat zonder meer ons pad zal kruisen. Al is het maar voor korte ogenblikken; want zulke momenten schenken ons zo'n intense Liefde dat daarmee de rest van ons leven zin krijgt.'

De hond in de keuken blafte. Wicca had de kaarten nu verzameld en keek Brida nog eens aan.

'We kunnen ons Andere Deel ook verder laten gaan, zonder het te aanvaarden, of zonder het überhaupt op te merken. Dan zullen we nog een reïncarnatie nodig hebben om ons Andere Deel opnieuw te treffen.

En vanwege ons egoïsme zullen we veroordeeld zijn tot de ergste kwelling die we voor onszelf hebben uitgevonden: de eenzaamheid.'

Wicca stond op en liep met Brida mee naar de deur.

'Je was niet gekomen om iets over het Andere Deel te horen,' zei ze, voor ze afscheid namen. 'Jij hebt een Gave, en als ik weet welke Gave dat is, kan ik je misschien in de Traditie van de Maan onderwijzen.'

Brida voelde zich heel bijzonder. Ze voelde zich graag zo – die vrouw boezemde haar respect in zoals maar weinig anderen gedaan hadden.

'Ik zal mijn best doen. Ik wil de Traditie van de Maan leren.'

Want de Traditie van de Maan heeft geen donkere wouden nodig, dacht ze bij zichzelf.

'Nog even opgelet, meisje,' zei Wicca streng, 'vanaf vandaag moet je elke dag steeds op hetzelfde tijdstip – wanneer mag je zelf kiezen – even alleen zijn en dan een spel tarotkaarten uitleggen op tafel. Leg de kaarten uit, zoals het uitkomt. En probeer niet iets te begrijpen. Kijk alleen maar naar de kaarten. Zij zullen je te zijner tijd alles leren wat je op dat moment weten moet.'

Het lijkt wel de Traditie van de Zon; opnieuw ikzelf die mezelf onderwijst, dacht Brida terwijl ze de trap afliep. Pas toen ze in de bus zat, drong het tot haar door dat de vrouw gesproken had over een Gave. Maar daarover kon ze het een volgende keer hebben.

Een week lang besteedde Brida een halfuur per dag aan het uitleggen van haar kaarten, op de tafel in haar woonkamer. Om tien uur 's avonds ging ze naar bed en zette de wekker op één uur. Ze stond op, maakte snel een kop koffie en ging naar de kaarten zitten kijken, terwijl ze haar best deed hun occulte taal te begrijpen.

De eerste nacht was er een vol opwinding. Brida was ervan overtuigd dat Wicca haar een of ander geheim ritueel had laten zien, en dus probeerde ze de kaarten op precies dezelfde wijze uit te leggen als zij had gedaan – zeker als ze ervan was dat er occulte boodschappen geopenbaard zouden worden. Na een halfuur was er – afgezien van een paar kleine visioenen die zij beschouwde als product van haar fantasie – niets bijzonders gebeurd.

Brida herhaalde dit procedé tijdens de tweede nacht. Wicca had gezegd dat het kaartspel haar zijn eigen verhaal zou vertellen, dat volgens de cursussen die Brida had gevolgd, een heel oud verhaal moest zijn, van meer dan drieduizend jaar geleden, toen de mensen nog heel dicht bij de oorspronkelijke wijsheid stonden.

De plaatjes zien er zo eenvoudig uit, dacht ze. Een vrouw die de muil van een leeuw opentrekt, een kar getrokken door twee mysterieuze dieren, een man achter een met spullen beladen tafel. Ze had geleerd dat het tarotspel een boek was – een boek waarin door de Goddelijke Wijsheid de voornaamste veranderingen waren opgetekend die zich in de mens op zijn levensreis zouden voordoen. Maar de maker had zich gerealiseerd dat de mensheid makkelijker aan ondeugd dacht dan aan deugd, en daarom had hij ervoor gezorgd dat het heilige boek van generatie op generatie werd doorgegeven in de vorm van een spel. Het spel was een uitvinding van de goden.

Zo eenvoudig kan het niet zijn, dacht Brida, telkens als ze de kaarten op tafel uitspreidde. Ze kende ingewikkelde methoden en uitgewerkte systemen, en die wanordelijk uitgespreide kaarten leidden tot wanorde in haar hersenen. De zesde nacht hield ze het niet meer uit en smeet ze geïrriteerd alle kaarten op de grond. Even dacht ze dat deze actie uit een of andere magische inspiratie voortkwam, maar de resultaten waren hetzelfde als anders: nihil. Enkel wat vage gevoelens en gedachten die ze beschouwde als product van haar fantasie.

Tegelijkertijd spookte voortdurend het idee van het Andere Deel door haar hoofd. Aanvankelijk dacht ze dat het een soort terugkeer was naar haar puberjaren, naar de droom van de prins op het witte paard die bergen en dalen doorkruiste om het bij een glazen muiltje horende meisje te vinden of om een schone slaapster te kussen. In sprookjes gaat het altijd over het Andere Deel, grapte ze tegen zichzelf. De sprookjes waren haar eerste onderdompeling geweest in het magische universum waar ze nu zo dolgraag zou binnengaan. Meer dan eens had ze zich afgevraagd waarom de mensen zich zo ver van die wereld hadden verwijderd, terwijl ze zich toch de immense blijdschap uit hun kinderjaren konden herinneren. Misschien omdat ze met blijdschap niet tevreden zijn. Ze vond het een nogal absurde zin, maar noteerde hem in haar dagboek als iets creatiefs.

Toen het idee van het Andere Deel een week lang door haar hoofd had gespookt, kreeg Brida een panisch gevoel dat ze niet van zich af kon zetten, het gevoel dat het mogelijk was dat ze de verkeerde man zou kiezen. De achtste nacht, toen ze weer eens zonder enig resultaat de tarotkaarten had bekeken, besloot ze haar vriend te vragen om de volgende dag 's avonds met haar uit eten te gaan.

Ze koos een restaurant uit dat niet erg duur was, want hij stond er altijd op dat hij betaalde – ook al verdiende hij als beginnend docent aan de natuurkundefaculteit beduidend minder dan zij als secretaresse. Het was nog zomer en ze gingen buiten zitten, aan een tafeltje op het tegelpad langs de rivier.

'Ik had graag geweten wanneer ik van de geesten weer het bed met je mag delen,' zei Lorens vrolijk.

Brida keek hem teder aan. Ze had hem gevraagd twee weken niet in haar flat te komen, en hij had dat geaccepteerd, maar wel met het nodige protest, om haar te laten zien hoezeer hij van haar hield. Ook hij was, op zijn manier, bezig met de mysteriën van het Universum; als hij haar op een dag zou vragen om twee weken bij hem weg te blijven, zou zij dat moeten accepteren.

Ze aten zonder haast en zonder veel te praten. Keken naar de boten die op de rivier voeren en naar de passerende wandelaars op het voetpad. De fles witte wijn op tafel raakte leeg en werd meteen vervangen door een andere. Een halfuur later stonden hun stoelen naast elkaar en keken ze met de armen om elkaar heen naar de zomerse sterrenhemel.

'Kijk eens naar de hemel,' zei Lorens, en hij streelde haar haar. 'We zien een hemel van miljarden jaren geleden.'

Hij had hetzelfde gezegd op de dag dat ze elkaar hadden ontmoet. Maar Brida wilde hem niet onderbreken – dit was zijn manier om zijn wereld met haar te delen.

'Veel van die sterren zijn al gedoofd en toch doorkruist hun licht nog steeds het Universum. Ver weg zijn er al andere sterren ontstaan, maar hun licht heeft ons nog steeds niet bereikt.'

'Dus dan weet niemand hoe de hemel in werkelijkheid is?' Dezelfde vraag had ze de eerste avond gesteld. Maar het was fijn om zulke heerlijke momenten te herhalen.

'We weten het niet. We bestuderen wat we zien, en niet altijd is iets wat we zien ook iets wat bestaat.'

'Ik wil je iets vragen. Uit welke materie bestaan we? Waarvandaan zijn de atomen gekomen waaruit ons lichaam bestaat?'

Lorens keek naar de oude hemel en antwoordde: 'Ze zijn tegelijk met de sterren en deze rivier waar je naar kijkt geschapen. Tijdens de eerste seconde van het Universum.'

'Is er dan, na dat allereerste moment van de Schepping, niets meer aan toegevoegd?'

'Nee, niets. Alles heeft zich bewogen en beweegt zich. Alles is veranderd en verandert verder. Maar de materie van het Universum is dezelfde als biljoenen jaren geleden. Zonder dat er ook maar één atoom is toegevoegd.'

Brida keek naar de beweging van de rivier, en de beweging van de sterren. Je kon makkelijk zien dat de rivier over de Aarde stroomde, maar dat de sterren zich in het hemelruim bewogen was moeilijk te zien. Toch waren zowel de rivier als de sterren in beweging.

'Lorens,' zei ze ten slotte, na een lange poos waarin ze zwijgend een boot zagen voorbijvaren, 'een vraag die absurd mag lijken: is het mogelijk, fysiek gesproken, dat de atomen waaruit mijn lichaam bestaat, zich ooit in het lichaam hebben bevonden van iemand die voor mij heeft geleefd?'

Lorens keek haar verbaasd aan.

'Wat wil je eigenlijk weten?'

'Alleen maar dat wat ik je vroeg. Is zoiets mogelijk?'

'Ze kunnen in planten zitten, in insecten, ze kunnen zich in heliummoleculen veranderd hebben en zich op miljoenen kilometers van de Aarde bevinden.'

'Maar is het mogelijk dat de atomen van het lichaam van iemand die gestorven is, zich in mijn lichaam bevinden en in dat van een ander iemand?'

Hij zweeg een poosje.

'Ja,' antwoordde hij uiteindelijk, 'dat is mogelijk.'

In de verte begon muziek te spelen. Het geluid kwam van een aak die op de rivier voer, en ondanks de afstand kon Brida het silhouet van een matroos onderscheiden, in de omlijsting van een verlicht raampje. De muziek herinnerde haar aan haar tienerjaren en bracht de schoolfeesten terug, de geur van haar kamer, en de kleur van het lint waarmee ze haar haar in een paardenstaart bond. Brida begreep dat Lorens nooit eerder had gedacht aan wat zij hem zojuist had gevraagd. Misschien probeerde hij nu wel te achterhalen of zich in zijn lichaam atomen bevonden van Vikingkrijgers, van vulkaanuitbarstingen, of van prehistorische dieren die op mysterieuze wijze verdwenen waren.

Maar zij dacht aan iets anders. Het enige wat zij weten wilde was of de man die haar met zo veel liefde omhelsde, ooit een deel van haarzelf was geweest.

De boot kwam steeds dichterbij en de muziek klonk nu overal om hen heen. Andere tafels onderbraken nu ook hun gesprekken om te weten waar dat geluid vandaan kwam, want iedereen was ooit jong geweest, had ooit schoolfeesten gehad, en ook over krijgers en feeën gedroomd.

'Lorens, ik hou van jou.'

En Brida hoopte vurig dat die jongen die zoveel wist over het licht van de sterren, een stukje in zich droeg van iemand die zij ooit was geweest.

Het gaat me niet lukken.

Brida ging op het bed zitten en reikte naar het pakje sigaretten op het nachtkastje. Tegen haar gewoonte in besloot ze te roken op de nuchtere maag.

Over twee dagen al zou ze Wicca weer treffen. Ze wist dat ze deze twee weken haar best had gedaan. Ze had al haar hoop gevestigd op het procedé dat de mooie, mysterieuze vrouw haar had bijgebracht en al die tijd had ze alles gedaan wat ze kon om haar niet te hoeven teleurstellen; maar het kaartspel weigerde haar zijn geheim te onthullen.

De drie voorgaande nachten had ze steeds als ze de oefening beëindigde, willen huilen. Ze voelde zich aan haar lot overgelaten, alleen, en had het gevoel dat haar een grote kans ontglipte. Weer eens had ze het gevoel dat het leven haar anders behandelde dan anderen: het gaf haar alle kansen om iets te kunnen bereiken, en wanneer ze haar doel naderde, dan opende zich de aarde en werd zij verslonden. Zo was het gegaan met haar studie, met enkele liefdes, met bepaalde dromen die ze nooit met anderen had gedeeld. En zo was het ook met het pad dat ze volgen wilde.

Ze dacht aan de Magiër; misschien kon hij haar helpen. Maar ze had zichzelf beloofd dat ze pas naar Folk zou terugkeren als ze voldoende van de magie begreep om serieus genomen te worden.

En nu leek het alsof dat nooit zou gebeuren.

Het duurde lang voor ze besloot om op te staan en haar ontbijt klaar te maken. Ten slotte vatte ze moed en ging de confrontatie aan met weer een dag, met weer een 'dagelijkse portie Donkere Nacht', zoals ze sinds haar ervaring in het woud gewoonlijk zei. Ze zette koffie, keek op haar horloge en zag dat ze nog tijd genoeg had.

Ze ging naar de boekenkast om tussen de boeken naar het papiertje te zoeken dat de boekhandelaar haar had gegeven. Er bestonden andere wegen, troostte ze zichzelf. Als ze het had klaargespeeld om naar de Magiër te gaan, als het haar gelukt was om bij Wicca te komen, zou ze beslist ook wel iemand vinden die haar op een manier kon onderwijzen die ze kon volgen.

Maar ze wist dat dit slechts een uitvlucht was.

Ik geef altijd meteen al in het begin op, dacht ze enigszins bitter. Misschien kreeg het leven dat binnenkort in de gaten en gaf het haar niet langer de kansen die het haar altijd gegeven had. Of misschien sneed ze alle wegen voor zichzelf af zonder zelfs maar een stap te hebben gezet, omdat ze steeds meteen in het begin opgaf.

Maar zo was zij, en ze voelde zich steeds zwakker, steeds minder in staat om te veranderen. Een paar jaar geleden beklaagde ze zich over de instelling die ze had, maar toen was ze nog in staat tot enige heroïsche daden; nu begon ze aan haar eigen fouten te wennen. Ze kende anderen die zo waren – ze wenden aan hun fouten, en binnen de kortste keren zagen ze hun fouten aan voor deugden. Dan was het te laat voor verandering.

Ze dacht erover om geen contact meer met Wicca te zoeken, gewoon weg te blijven. Maar je had ook nog de boekhandel. Daar zou ze dan ook niet meer naartoe durven. Als ze gewoon bij Wicca wegbleef, zou de boekhandelaar haar dat niet in dank afnemen. Door zulke ondoordachte acties ben ik vaak mensen die me dierbaar waren kwijtgeraakt, dacht ze. Dat mocht nu niet gebeuren. Ze bevond zich op een weg waar de belangrijke contacten niet voor het oprapen lagen.

Ze vatte moed en draaide het nummer dat op het papiertje stond. Wicca meldde zich aan de andere kant van de lijn.

'Ik kan morgen niet,' zei Brida.

'Jij niet en de loodgieter ook niet,' antwoordde Wicca. Brida verstond even niet wat de vrouw zei.

Maar Wicca beklaagde zich dat ze in de keuken een kapotte spoelbak had, en dat ze al verscheidene keren een man had gebeld om het ding te repareren, en dat die man maar niet kwam opdagen. Ze begon een lang verhaal over oude gebouwen, die weliswaar imposant waren maar onoplosbare gebreken hadden.

'Heb je je tarotkaarten misschien bij de hand?' vroeg Wicca midden in het verhaal over de loodgieter.

Brida, verrast, zei ja. Wicca vroeg haar de kaarten op tafel uit te spreiden, want ze wilde haar een spelmethode leren om erachter te komen of de loodgieter de volgende morgen zou komen of niet.

Brida, nog meer verrast, deed wat ze haar opdroeg. Ze legde de kaarten uit en bleef afwezig naar de tafel staan turen, terwijl ze op instructies van de andere kant van de lijn wachtte. De moed om de reden te vertellen waarom ze afbelde verdween stukje bij beetje.

Wicca hield niet op met praten, en Brida besloot haar geduldig aan te horen. Misschien kon ze haar vriendin worden. Misschien was Wicca dan minder streng en leerde ze haar makkelijkere methoden om zich de Traditie van de Maan eigen te maken.

Wicca sprong intussen van het ene onderwerp over op het andere. Toen ze alle klachten over loodgieters afgewerkt had, deed ze verslag van de discussie die ze, 's ochtends vroeg al, had gehad met de beheerder van het gebouw over het salaris van de conciërge. Dat breidde ze uit met een heel relaas over oudedagsvoorzieningen.

Brida volgde alles met een instemmend gemompel. Ze was het eens met alles wat de ander zei, maar kon zich niet langer concentreren. Ze werd overvallen door een dodelijke verveling; de voordracht van die nagenoeg vreemde vrouw over loodgieters, conciërges en gepensioneerden, op dat uur van de ochtend, was een van de saaiste dingen die ze in heel haar leven had gehoord. Ondertussen probeerde ze zich te amuseren met de kaarten die op tafel lagen, bekeek kleine details die haar andere keren niet opgevallen waren.

Af en toe vroeg Wicca of ze wel luisterde, en zij pruttelde van wel. Maar haar geest was ver weg, was op reis, deed plaatsen aan waar ze nooit was geweest. Elk detail op de kaarten leek haar verder weg te voeren.

Plotseling was het alsof ze een droom binnenstapte en Brida merkte dat ze nu niet meer kon volgen wat de ander vertelde. Een stem, een stem die uit haar binnenste scheen te komen – maar waarvan ze wist dat deze van buiten haar kwam – begon haar iets toe te fluisteren. 'Hoor je me?' Brida zei van wel. 'Ja, je hoort me,' zei de mysterieuze stem.

Maar dat was van geen enkel belang. De tarot, voor haar, begon fantastische taferelen te laten zien; mannen, enkel in tanga gekleed, zongebruinde lijven, met olie ingesmeerd. Sommigen droegen maskers die op reusachtige vissenkoppen leken. Wolken trokken in hoog tempo langs de hemel, alsof alles veel vlugger bewoog dan normaal, en plotseling veranderde het tafereel in een plein met monumentale gebouwen, waarop een paar oude mannen aan een paar jonge jongens geheimen vertelden. In de ogen van de oudjes lagen wanhoop en haast, alsof heel oude kennis op het punt stond voorgoed verloren te gaan.

'Tel zeven en acht bij elkaar op en je hebt mijn nummer. Ik ben de duivel en dit boek is van mijn hand,' zei een jongen in middeleeuwse kledij, nadat het tafereel veranderd was in een soort feest. Een paar mannen en vrouwen lachten, ze waren dronken. Er volgden taferelen met tempels die tegen kliffen hingen langs de zee, en de hemel begon te betrekken, er verschenen zwarte wolken waaruit felle bliksemschichten schoten.

Er verscheen een deur. Het was een zware deur, zoals de deur van een oude burcht. De deur kwam op Brida af, en ze dacht dat het niet lang zou duren of ze zou hem kunnen openmaken.

'Kom terug,' zei de stem.

'Kom terug, kom terug,' zei de stem aan de telefoon. Het was Wicca. Brida ergerde zich omdat Wicca zo'n fantastische ervaring onderbrak, om het opnieuw over conciërges en loodgieters te hebben.

'Een ogenblik,' antwoordde ze. Ze probeerde uit alle macht bij de deur terug te komen, maar alles was verdwenen.

'Ik weet wat er gebeurd is,' zei Wicca. Brida was totaal overrompeld, verkeerde in een shocktoestand. Ze begreep niets van wat er gebeurde.

'Ik weet wat er was,' herhaalde Wicca, toen Brida bleef zwijgen. 'Ik zal het niet meer over de loodgieter hebben; hij is de vorige week geweest, en heeft alles al gerepareerd.'

Voor ze ophing, zei ze dat ze haar op de afgesproken tijd verwachtte.

Brida legde de hoorn op de haak, zonder afscheid te nemen. Ze stond lang naar de keukenmuur te staren, en barstte toen uit in een heftige en bevrijdende huilbui.

'Dat was een trucje,' zei Wicca tegen een geschrokken Brida, terwijl ze het zich gemakkelijk maakten in de Italiaanse fauteuils.

'Ik snap hoe je je voelt,' ging Wicca verder, 'soms beginnen we aan een weg, enkel en alleen omdat we er niet in geloven. Dan is het makkelijk: het enige wat we hoeven te doen is bewijzen dat de gekozen weg de onze niet is.

Maar hoe het ook zij, wanneer er dingen beginnen te gebeuren en de weg openbaart zich aan ons, zijn we bang om verder te gaan.'

Wicca zei dat ze niet begreep waarom veel mensen hun hele leven liever bezig zijn de wegen te vernielen die ze niet willen gaan, dan dat ze de enige weg gaan die hen ergens zal brengen.

'Ik kan niet geloven dat het een trucje was,' zei Brida. Er viel niets meer te bespeuren van de arrogante, uitdagende houding die ze eerst had. Haar respect voor die vrouw was aanzienlijk toegenomen.

'Het visioen was geen truc. De truc waar ik het over heb, was de telefoon.

Mensen hebben miljoenen jaren met elkaar gesproken terwijl ze elkaar konden zien. Ineens, in slechts een eeuw, werden "zien" en "spreken" twee gescheiden zaken. We denken dat we daar al aan gewend zijn, maar vergeten de immense impact die zoiets heeft op onze reflexen. Ons lichaam is er gewoon niet aan gewend.

Een praktisch gevolg is dat we, wanneer we een telefoongesprek voeren, onszelf in een trance kunnen brengen die veel overeenkomsten vertoont met bepaalde trances in de magie. Onze geest gaat over op een andere frequentie, wordt ontvankelijker voor de onzichtbare wereld. Ik ken heksen die altijd potlood en papier bij de telefoon hebben liggen; terwijl ze met iemand bellen, krabbelen ze wat, schijnbaar betekenisloze dingen. Als ze ophangen, blijken die krabbels vaak symbolen uit de Traditie van de Maan te zijn.'

'En waarom heeft de tarot zich aan mij geopenbaard?'

'Dat is het grote probleem van degene die magie wil studeren,' antwoordde Wicca, 'wanneer we aan het begin van de weg staan, hebben we altijd een min of meer vastomlijnd idee van wat we willen vinden. Een vrouw zoekt over het algemeen haar Andere Deel, een man zoekt Macht. Geen van beiden wil leren: ze willen datgene bereiken wat ze zichzelf ten doel gesteld hebben.

Maar de weg van de magie – zoals over het algemeen ook de weg van het leven – is en zal altijd de weg van het Mysterie zijn. Iets leren wil zeggen in contact treden met een wereld waarvan je geen enkele voorstelling hebt. Om te kunnen leren moet je nederig zijn.'

'Het is je onderdompelen in de Donkere Nacht,' zei Brida.

'Je moet me niet onderbreken.' In Wicca's stem klonk irritatie door. Brida begreep dat het niet te maken had met haar opmerking – die klopte gewoon. Misschien is ze geïrriteerd vanwege de Magiër, dacht ze. Wie weet is ze ooit op hem verliefd geweest. De twee waren ongeveer even oud.

'Sorry,' zei ze.

'Het geeft niet.' Wicca scheen ook verbaasd te zijn over haar reactie.

'Je had het daarnet over de tarot.'

'Steeds als je de kaarten op de tafel uitlegde, had je een idee van wat er gebeuren ging. Je stond de kaarten geen enkel moment toe hun verhaal te vertellen; je probeerde ervoor te zorgen dat ze bevestigden wat jij meende te weten.

En dat begreep ik toen we met ons telefoongesprek begonnen. Ik begreep ook dat het feit dat je belde een teken was, en dat de telefoon mijn bondgenoot was. Ik begon een vreselijk saai gesprek, en vroeg je om naar de kaarten te kijken. Je raakte in een trance, veroorzaakt door de telefoon, en de kaarten hebben je vervolgens naar hun magische wereld gebracht.'

Wicca vroeg haar om, als ze mensen zag bellen, vooral eens op hun ogen te letten. Dat waren zeer interessante ogen.

‘Ik wil nog iets vragen,’ zei Brida terwijl ze theedronken. Wicca’s keuken was verbazingwekkend modern en praktisch ingericht.

‘Ik wil weten waarom je niet hebt toegelaten dat ik de weg verliet.’

Omdat ik weten wil wat de Magiër behalve jouw Gave nog meer heeft gezien, dacht Wicca.

‘Omdat je een Gave hebt,’ antwoordde ze.

‘Hoe weet je dat ik een Gave heb?’

‘Heel eenvoudig. Vanwege je oren.’

Vanwege mijn oren. Wat een teleurstelling, zei Brida tegen zichzelf. Ik dacht dat ze mijn aura zag.

‘Iedereen heeft een Gave. Maar sommige mensen worden geboren met een al goed ontwikkelde Gave, terwijl anderen – zoals ik – zich heel erg in moeten spannen om hun Gave tot ontwikkeling te brengen.

Mensen bij wie de Gave al bij hun geboorte goed ontwikkeld is, hebben minuscule oorlelletjes die aan hun schedel zijn vastgegroeid.’

Instinctief voelde Brida aan haar oorlellen. Het klopte.

‘Heb je een auto?’

Brida schudde van nee.

‘Hou er dan rekening mee dat je heel wat geld aan taxi’s kwijt zult zijn,’ zei Wicca en ze stond op. ‘Het is tijd voor de volgende stap.’

Het gaat allemaal wel erg snel, dacht Brida, terwijl ze ook opstond. Het leven had nu veel weg van de wolken die ze in haar trance gezien had.

Halverwege de middag hielden ze halt dicht bij de bergen op zo'n dertig kilometer ten zuiden van Dublin. De rit hadden we ook per bus kunnen maken, fulmineerde Brida inwendig toen ze de taxi betaalde. Wicca had een tas bij zich met wat kleren.

'Als jullie willen, wacht ik,' zei de chauffeur, 'een taxi vinden voor de terugweg zal lastig worden. Het is hier een flink eind van de bewoonde wereld af.'

'Maakt u zich over ons geen zorgen,' antwoordde Wicca tot opluchting van Brida. 'We krijgen altijd wat we willen.'

De chauffeur keek de twee met een vreemde blik aan en reed weg. Ze stonden voor een eucalyptusbos, dat zich uitstrekte tot aan de voet van de dichtstbijzijnde berg.

'Vraag permissie om het bos te betreden,' zei Wicca, 'bosgeesten stellen het op prijs als je beleefd bent.'

Brida vroeg om toestemming. Het bos, aanvankelijk niet anders dan een gewoon bos, leek levendiger te worden.

'Zorg dat je je altijd op de brug tussen het zichtbare en het onzichtbare bevindt,' zei Wicca, toen ze tussen de eucalyptussen door liepen. 'Alles in het universum leeft, probeer altijd met dat Leven in contact te staan. Het verstaat jouw taal. En de wereld zal een andere betekenis voor je krijgen.'

Brida stond versteld van de soepelheid waarmee Wicca bewoog. Haar voeten leken boven de grond te zweven, waren nauwelijks te horen.

Ze kwamen op een open plek, vlak bij een enorme steen. Terwijl Brida zich afvroeg hoe zo'n enorme steen daar gekomen was, vielen haar resten op van een vuur, precies in het midden van de plek.

Het was er prachtig. Het duurde nog lang voor het donker werd en de zon toonde het typische coloriet van een zomermiddag. Vogels zongen, een lichte bries streek langs het gebladerte. De plek lag hoger dan de omgeving. Brida kon de horizon beneden in de verte zien.

Wicca haalde een soort Arabische tuniek uit haar tas en trok die over haar kleren aan. Vervolgens legde ze de tas neer bij de bomen, zodat ze hem vanaf de open plek niet zouden kunnen zien.

'Ga zitten,' zei ze.

Wicca was anders nu. Brida kon niet zeggen of het door de kleding kwam, of door het diepe ontzag dat de plek haar inboezemde.

'Allereerst moet ik uitleggen wat ik ga doen. Ik ga uitzoeken hoe de Gave zich in jou manifesteert. Ik zal je pas iets kunnen leren als ik iets over je Gave weet.'

Wicca vroeg Brida te proberen zich te ontspannen, zich over te geven aan de schoonheid van de plek, op dezelfde manier als waarop ze zich had overgegeven aan de tarot.

'Ooit tijdens je vorige levens heb jij je al op de weg van de magie bevonden. Ik weet dat door de visioenen van de tarot die jij me beschreef.'

Brida sloot haar ogen, maar Wicca vroeg haar ze weer open te doen.

'Magische plekken zijn altijd prachtig, en verdienen het dat er naar ze gekeken wordt. Het zijn plekken zoals watervallen, bergen, wouden, plekken waar de geesten van de Aarde verkeren om er te spelen, te lachen en gesprekken te voeren met mensen. Je bent op een heilige plek, en hij laat jou vogels zien en de wind. Dank God daarvoor; voor de vogels, voor de wind en voor de geesten die deze plek bevolken. Zorg ervoor dat je de brug tussen het zichtbare en het onzichtbare in stand houdt.'

De stem van Wicca maakte dat Brida zich steeds meer ontspande. Ze voelde een bijna religieuze eerbied voor dit moment.

'Laatst vertelde ik je over een van de grootste geheimen van de Magie: het Andere Deel. Het hele leven van een mens op deze Aarde bestaat hieruit: het zoeken van zijn Andere Deel. Dat hij net doet of hij op wijsheid uit is, of op geld of macht, is onbelangrijk. Wat hij binnenhaalt, wat het ook maar is, zal onvolkomen zijn als hij niet tegelijkertijd erin slaagt zijn Andere Deel te vinden.

Op maar heel weinig schepselen na, die afstammen van de engelen – en die de eenzaamheid nodig hebben voor hun ontmoeting met God –, zullen mensen pas de Eenheid met God kunnen bereiken als ze erin slagen één te worden met hun Andere Deel.'

Brida voelde een vreemde energie in de lucht. Even vulden haar ogen zich met tranen. Waarom dat gebeurde, wist ze niet.

'In de Nacht van de Tijden, toen we gescheiden werden, werd een van de delen – de man – belast met de zorg voor kennis. Hij begon met inzicht te verwerven in de landbouw, in de natuur en in de bewegingen van de sterren. Kennis is altijd de macht geweest die het Universum op zijn plaats hield en de sterren in hun baan. Daaraan ontleende de man zijn glorie: aan de zorg voor kennis. Hierdoor kon de hele soort overleven.

Aan ons, vrouwen, werd iets toevertrouwd wat veel subtieler, veel zwakker is. Maar wel iets wat de kennis pas zin geeft: verandering. De mannen droegen de bodem vruchtbaar over aan ons en wij zaaiden vervolgens. En de grond veranderde in bomen en planten.

De grond heeft zaad nodig en het zaad heeft grond nodig. Het een heeft enkel zin samen met het andere. Hetzelfde doet zich voor bij de mensen. Wanneer de mannelijke kennis zich verbindt met de vrouwelijke verandering, dan ontstaat de grote magische verbintenis die we Wijsheid noemen.

Wijsheid is kennen en veranderen.'

Brida voelde dat de wind heviger werd en merkte dat

Wicca's stem haar opnieuw in trance bracht. De bosgeesten schenen levendige, aandachtige wezens te zijn.

'Ga liggen,' zei Wicca.

Brida ging liggen en strekte haar benen. Boven haar was een diepe, wolkeloze, stralend blauwe hemel.

'Ga op zoek naar je Gave. Vandaag kan ik niet met je meegaan, maar ga en wees niet bang. Hoe meer je van jezelf begrijpt, hoe meer je van de wereld zult begrijpen.

En hoe dichter je bij je Andere Deel zult zijn.'

Wicca bukte zich en keek naar het meisje voor haar. Net als ik ooit, dacht ze vol genegenheid. Op zoek naar een zin voor alles, en in staat de wereld te zien zoals de vrouwen uit vroeger tijden, sterke en zekere vrouwen die er geen moeite mee hadden om hun gemeenschap te leiden.

In ieder geval was God in die tijd vrouw. Wicca boog zich over Brida en maakte haar ceintuur los. Daarna schoof ze de rits van haar spijkerbroek een beetje naar beneden. De spieren van Brida spanden zich.

'Maak je geen zorgen,' zei Wicca teder.

Ze trok het T-shirt van het meisje een beetje naar boven, zodat haar navel onbedekt was. Toen haalde ze uit de zak van haar tuniek een kwartskristal en legde dat op de navel.

'Sluit nu je ogen,' zei ze zacht, 'neem nu dezelfde kleur in je gedachten als de hemel heeft, maar hou je ogen gesloten.'

Ze haalde een kleine amethist uit haar zak en legde die tussen de gesloten ogen van Brida.

'Volg precies op wat ik je nu ga zeggen. En maak je verder nergens ongerust over.

Je bent in het midden van het Universum. Om je heen zie je de sterren en de helderste planeten. Voel dit landschap als iets wat je helemaal omhult en niet als zag je het op het doek van een bioscoop. Je ervaart het Universum en je voelt je blij; er is niets wat je nog ongerust kan maken. Je voelt je nu alleen maar blij. Zonder je schuldig te voelen.'

Brida zag het met sterren bezaaide Universum en merkte dat ze het Universum binnen kon gaan. Op hetzelfde ogenblik hoorde ze Wicca's stem. Zij vroeg haar om midden in het Universum een reusachtige kathedraal te zien. Brida zag een gotische kathedraal, met donkere stenen, die deel leek uit te maken van het Universum om haar heen – hoe absurd dat ook mocht lijken.

'Loop naar de kathedraal toe. Loop de trappen op. Ga naar binnen.'

Brida deed wat Wicca beval. Ze liep de trappen van de kathedraal op, en voelde onder haar blote voeten het koude plaveisel. Op een zeker ogenblik had ze de indruk dat ze vergezeld werd, en Wicca's stem klonk alsof ze achter haar liep. Ik beeld me dingen in, dacht Brida en plotseling herinnerde ze zich dat ze in de brug tussen het zichtbare en onzichtbare moest geloven. Ze mocht niet bang zijn voor teleurstelling of falen.

Nu stond Brida voor de deur van de kathedraal. Het was een reusachtige, metalen deur, met afbeeldingen van heiligenlevens. Volstrekt anders dan ze op haar reis door de tarot had gezien.

'Open de deur. Ga naar binnen.'

Brida voelde het koude metaal in haar handen. Ondanks zijn afmetingen ging de deur zonder enige inspanning open. Ze ging de immense kerk binnen.

'Bekijk alles wat je ziet heel aandachtig,' zei Wicca. Het viel haar op dat er door de enorme gebrandschilderde ramen van de kathedraal veel licht naar binnen viel, ook al was het buiten donker. Ze kon de banken onderscheiden, de zijaltaren, de versierde pilaren en een paar brandende kaarsen. Toch zag alles er een beetje verlaten uit; op de banken lag stof.

'Ga naar links. Je zult ergens opnieuw een deur tegenkomen. Maar nu een heel kleine.'

Brida liep verder. De stoffige vloer onder haar blote voeten bezorgde haar een onaangenaam gevoel. Een vriendelijke stem, die ergens vandaan kwam, leidde haar. Ze wist dat het Wicca was, maar ze wist ook dat ze geen controle meer had over haar fantasie. Ze was bij bewustzijn, en toch kon ze niet anders dan gehoorzamen aan wat zij haar vroeg.

Ze ontdekte een deur.

'Ga naar binnen. Er is een wenteltrap die naar beneden gaat.'

Brida moest zich bukken om naar binnen te kunnen. In de wand van de wenteltrap zaten fakkels die de treden verlichtten. De vloer was schoon; iemand was haar voorgegaan om de fakkels aan te steken.

'Je bent nu op weg om je vroegere levens te zien. In de kelder van de kathedraal is een bibliotheek. Daar gaan we heen. Ik zal onder aan de wenteltrap op je wachten.'

Brida daalde de trap af, hoe lang het duurde kon ze niet vaststellen. Het afdalen maakte haar lichtelijk duizelig. Eenmaal beneden trof ze Wicca in haar tuniek. Nu was het makkelijker, voelde ze zich meer beschermd. Wicca bevond zich nu binnen in haar trance.

Wicca opende een andere deur die aan het eind van de trap was.

'Nu laat ik je alleen. Ik blijf hier buiten op je wachten. Kies een boek uit, en dat zal je laten zien wat je moet weten.'

Brida had niet eens in de gaten dat Wicca was achtergebleven: ze bekeek de boeken die onder het stof lagen. Ik moet hier vaker komen, het hier schoonmaken, dacht ze. Het verleden lag er vies en verlaten bij, en ze vond het jammer dat ze al die boeken niet eerder gelezen had. Misschien kon ze een aantal lessen, die ze al was vergeten, mee terug naar haar leven nemen.

Ze keek naar de boeken in de kast. Wat heb ik toch al veel beleefd, dacht ze. Ze was vast heel oud; ze wilde wijzer zijn. Ze zou graag alles opnieuw lezen, maar ze had niet veel tijd, en moest op haar intuïtie vertrouwen. Ze kon terugkeren wanneer ze maar wilde, nu ze de weg kende.

Een poosje bleef ze besluiteloos staan. Plotseling koos ze zonder veel nadenken een boek uit. Het was niet al te dik.

Brida ging op de vloer van de zaal zitten.

Ze legde het boek op haar schoot, maar ze was bang. Ze was bang om het open te slaan, en dat er niets zou gebeuren. Ze was bang dat ze wat erin stond, niet lezen kon.

Ik moet risico's aangaan. Ik moet niet bang voor een nederlaag zijn, dacht ze, terwijl ze op hetzelfde moment het boek opensloeg. Toen ze naar de pagina's keek, voelde ze zich ineens niet goed worden. Ze was opnieuw duizelig.

Ik ga flauwvallen, bedacht ze nog net voordat alles zwart werd.

Ze werd wakker van het water dat op haar gezicht drupte. Ze had een heel vreemde droom gehad en wist niet wat dat betekende; kathedralen die in de lucht zweefden en bibliotheken vol met boeken. In een bibliotheek was ze nog nooit geweest.

'Loni, gaat het wel goed met je?'

Nee, het ging niet goed met haar. Ze voelde haar rechtervoet niet meer, wist dat dit geen goed teken was. Evenmin had ze zin om te praten, want ze wilde de droom niet vergeten.

'Loni, wakker worden!'

Het moest de koorts zijn geweest, die waanvoorstellingen opriep, beelden die heel levensecht waren. Ze wilde dat ze ophielden haar te roepen, want de beelden verdwenen nu zonder dat ze die had kunnen begrijpen.

Het was bewolkt. De laaghangende wolken raakten bijna de hoogste toren van de burcht. Ze bleef naar de wolken kijken. Gelukkig maar dat ze geen sterren kon zien; de priesters zeiden dat zelfs de sterren niet volkomen goed waren.

De regen hield op even nadat ze haar ogen geopend had. Loni was blij met de regen – het betekende dat de cisterne van de burcht waarschijnlijk vol zou zijn. Langzaam gleed haar blik van de wolken naar beneden en ze zag weer de toren, de vuren op de binnenplaats en de vele mensen die niet wisten wat ze moesten doen en daar heen en weer liepen.

'Talbo,' zei ze zachtjes.

Hij omhelsde haar. Zij voelde de kou van zijn uitrusting, merkte de geur op van het roet in zijn haar.

'Hoeveel tijd is er voorbij? Welke dag is het vandaag?'

'Je bent drie dagen niet wakker geweest,' zei Talbo.

Ze keek Talbo aan en had met hem te doen; hij was magerder geworden, zijn gezicht was vuil, zijn huid mat. Maar dat was allemaal niet belangrijk – zij hield van hem.

'Ik heb dorst, Talbo.'

'Er is geen water. De Fransen hebben de geheime weg ontdekt.'

Weer hoorde ze de Stemmen in haar hoofd. Ze had die Stemmen lang gehaat. Haar man was een soldaat, een huurling die het grootste deel van het jaar vocht, en ze was almaar bang geweest dat de Stemmen haar zouden vertellen dat hij in een veldslag gesneuveld was. Ze had een manier gevonden om te voorkomen dat de Stemmen tegen haar spraken: ze moest haar gedachten op een oude boom, die net buiten haar dorp stond, concentreren, dat was voldoende. Als ze dat deed hielden de Stemmen altijd op.

Maar nu was ze te zwak, en de Stemmen waren weergekeerd.

'Jíj gaat sterven,' zeiden de Stemmen, 'maar híj zal worden gered.'

'Het heeft geregend, Talbo,' zei ze koppig, 'ik wil water.'

'Het waren maar een paar druppels. Onvoldoende.'

Loni keek opnieuw naar de wolken. Ze waren er al de hele week, en het enige wat ze gedaan hadden was de zon weghouden, de winter nog kouder maken en de burcht nog troostelozer. Misschien hadden de Fransen gelijk. Misschien stond God aan hun kant.

Een groepje huurlingen kwam naar de plek toe lopen waar zij waren. Overal brandden vuren, en Loni had het gevoel dat ze in de hel was.

'Commandant, de priesters zijn bezig iedereen bij elkaar te halen,' zei een van hen tegen Talbo.

'We zijn ingehuurd om te vechten, niet om te sterven,' zei een ander.

'De Fransen hebben ons de capitulatie aangeboden,' antwoordde Talbo, 'en ze hebben gezegd dat degenen die zich weer tot het katholicisme bekeren zonder problemen kunnen vertrekken.'

'De Volmaakten nemen dat aanbod niet aan,' fluisterden de Stemmen tegen Loni. Dat wist zij. Ze kende de Volmaakten goed. Juist vanwege hen was Loni daar in de burcht, en niet thuis – waar ze normaal altijd Talbo's terugkeer uit de veldslagen afwachtte. De burcht van de Volmaakten werd sinds vier maanden belegerd. De vrouwen van haar dorp kenden de geheime weg. Al die tijd hadden ze eten gebracht, kleren, wapens; al die tijd hadden ze telkens hun mannen kunnen zien. Door hen, de vrouwen, was het mogelijk geweest de strijd voort te zetten. Maar de geheime weg was ontdekt. En nu kon ze niet terug naar huis, en de andere vrouwen ook niet.

Ze probeerde te gaan zitten. Haar voet deed geen pijn meer. De Stemmen zeiden haar dat dit een slecht teken was.

'We hebben niets te maken met die God van hen. Daar gaan wij niet voor sterven, commandant,' zei een ander.

In de burcht klonk een gong. Talbo stond op.

'Neem me mee, alsjeblieft,' smeekte ze. Talbo keek naar zijn kameraden, en keek toen naar de vrouw die aan zijn voeten zat en beefde. Even wist hij niet wat hij besluiten zou; zijn mannen waren aan de oorlog gewend – en ze wisten dat verliefde soldaten zich verschuilen als het op vechten aankomt.

'Ik ga dood, Talbo, neem me mee, alsjeblieft.'

'Het is niet goed haar hier alleen achter te laten,' zei een huurling. 'De Fransen kunnen opnieuw gaan schieten.'

Talbo deed alsof hij dat een acceptabel argument vond. Hij wist dat de Fransen niet opnieuw zouden schieten; er was een wapenstilstand van kracht, en ze onderhandelden over de capitulatie van Monségur. Maar de huurling begreep wat zich in het hart van Talbo afspeelde – waarschijnlijk was hij ook verliefd.

'Hij weet dat je doodgaat,' zeiden de Stemmen tegen Loni, terwijl Talbo haar liefdevol optilde en in zijn armen meedroeg. Loni wilde niet horen wat de Stemmen tegen haar zeiden; ze herinnerde zich een dag, een middag in de zomer, toen ze zo door een tarweveld gegaan waren. Die middag had ze ook dorst gehad en ze hadden uit een stroompje gedronken dat uit de bergen kwam.

Een groot aantal mensen verzamelde zich op de binnenplaats, bij de grote rots die met de vestingmuur van Monségur versmolt. Het waren mannen, soldaten, vrouwen en kinderen. Er hing een drukkende stilte, en Loni wist dat de reden daarvan niet het ontzag voor de priesters was – maar de angst voor wat er zou kunnen gebeuren.

De priesters kwamen de binnenplaats op. Het waren er vele, hun zwarte gewaden hadden reusachtige gele kruisen, die op de voorkant waren geborduurd. Ze gingen op de rots zitten, op de daarin uitgehakte treden tegenover de toren. De laatste die de binnenplaats op kwam had volledig wit haar. Hij klom naar het hoogste punt van de vestingmuur. Zijn gestalte werd beschenen door de vuren, zijn zwarte mantel wapperde in de wind.

Boven gekomen bleef hij staan. De mensen knielden bijna allemaal, vouwden hun handen en sloegen met hun hoofd driemaal op de grond. Talbo en de andere huurlingen knielden niet; ze waren alleen ingehuurd om te vechten.

'Ze hebben ons de capitulatie aangeboden,' zei de priester vanaf de top van de muur, 'het staat iedereen vrij om te vertrekken.'

Een zucht van verlichting ging door de menigte.

'De zielen van de Vreemde God zullen in het rijk van deze wereld blijven. Die van de Ware God zullen terugkeren naar Zijn oneindige barmhartigheid. De oorlog zal doorgaan, maar een eeuwige oorlog is het niet. Want op het eind zal de Vreemde God worden verslagen, ook al heeft hij een deel van de engelen omgekocht. De Vreemde God zal worden verslagen maar niet worden vernietigd; hij zal de gehele eeuwigheid in de hel blijven, samen met de zielen die hij heeft kunnen verleiden.'

De mensen keken naar de man hoog boven op de muur. Ze wisten niet meer zo zeker of ze wilden vluchten nu en daardoor de hele eeuwigheid wilden lijden.

'De Katharenkerk is de ware Kerk,' ging de priester verder, 'dankzij Jezus Christus en de Heilige Geest kunnen we één worden met God. We hoeven niet opnieuw te reïncarneren. We hoeven niet terug te keren naar het rijk van de Vreemde God.'

Loni zag dat drie priesters zich losmaakten uit de groep en in het zicht van de menigte en paar bijbels opensloegen.

'Het *consolamentum* zal nu worden verstrekt aan degenen die samen met ons willen sterven. Ginds beneden wacht ons de brandstapel. Het zal een verschrikkelijke dood zijn, met veel lijden. Het zal een langzame dood zijn. De pijn van de vlammen die ons vlees verbranden is niet te vergelijken met welke pijn ook die jullie ooit eerder hebben ervaren.

Maar niet iedereen zal deze eer ten deel vallen; alleen de ware katharen. De anderen zijn veroordeeld tot het leven.'

Twee vrouwen gingen schuchter op de priesters toe die de bijbels geopend hielden. Een jonge knaap slaagde erin zich los te rukken uit de armen van zijn moeder en meldde zich ook.

Vier huurlingen kwamen naar Talbo toe.

'Commandant, wij willen het sacrament ontvangen. We willen gedoopt worden.'

'Zo wordt de Traditie in stand gehouden,' zeiden de Stemmen, 'als mensen in staat zijn om voor een idee te sterven.'

Loni wachtte af wat Talbo's beslissing zou zijn. De huurlingen hadden hun hele leven gevochten voor geld, tot ze ontdekten dat sommige mensen alleen maar vechten konden voor iets wat ze voor juist hielden.

Talbo stemde ten slotte toe. Maar daarmee verloor hij wel enkele van zijn beste mannen.

‘Laten we hier weggaan,’ zei Loni, ‘laten we naar de vestingmuren gaan. Ze hebben al gezegd dat wie wil, weg kan gaan.’

‘Het is beter om uit te rusten, Loni.’

‘Je gaat dood,’ fluisterden de Stemmen opnieuw.

‘Ik wil de Pyreneeën zien. Ik wil nog een keer het dal zien, Talbo. Je weet dat ik doodga.’

Ja, hij wist het. Hij was iemand die gewend was aan het slagveld, hij kende de verwondingen waaraan zijn soldaten stierven. De wond van Loni was sinds drie dagen open, dat vergiftigde haar bloed. Als dergelijke wonden niet dichttrokken, hadden mensen nog twee dagen te leven, twee weken hooguit, nooit langer.

En Loni was de dood nabij. De koorts was weg. Ook Talbo wist dat dit geen goed teken was. Zolang de voet pijn deed en de koorts brandde, vocht het lichaam nog. Nu was er geen strijd meer – alleen wachten.

‘Je bent niet bang,’ zeiden de Stemmen. Nee, Loni was niet bang. Van kind af aan wist ze dat de dood slechts een ander begin was. Tijdens haar kinderjaren waren de Stemmen haar grote vrienden. En ze hadden gezichten, lichamen en gebaren die alleen zij kon waarnemen. Het waren personages uit andere werelden, ze praatten, en ze lieten haar nooit alleen. Haar kinderjaren waren heel vrolijk geweest: ze speelde met andere kinderen, en maakte dan gebruik van haar onzichtbare vrienden, liet hen dingen van plaats veranderen, liet hen geluiden maken, zodat de kinderen een beetje schrokken. Toentertijd was haar moeder maar wat dankbaar dat ze in een kathaars land woonden. ‘Als de katholieken hier waren, zou je levend verbrand worden,’ zei ze vaak. De katharen hechtten er geen belang aan – ze vonden dat de goeden goed waren, de slechten slecht, en geen enkele macht uit het Universum kon dat veranderen.

Maar de Fransen kwamen en zeiden dat er geen kathaars land bestond. Vanaf haar achtste had ze alleen maar oorlog gekend.

De oorlog had haar iets heel goeds gebracht: haar man die door de kathaarse priesters – die zelf geen wapen aanraakten – in een ver land was geworven. Maar hij had haar ook iets slechts gebracht: de angst om levend verbrand te worden, omdat de katholieken steeds dichter bij haar dorp kwamen. Ze werd bang voor haar onzichtbare vrienden en ze verdwenen uit haar leven. Maar de Stemmen bleven. Zij gingen door met te vertellen wat er gebeuren ging en wat ze moest doen. Maar ze wilde hun vriendschap niet, omdat ze altijd te veel wisten; een Stem leerde haar toen de truc van de heilige boom. En vanaf het begin van de laatste kruistocht tegen de katharen, toen de Fransen de ene slag na de andere wonnen, had ze de Stemmen niet meer gehoord.

Maar nu had ze de kracht niet meer om aan de boom te denken. De Stemmen waren er weer, maar ze maakte zich er niet druk over. Integendeel, ze had hen nodig; zij zouden haar de weg laten zien, na de dood.

'Maak je geen zorgen om mij, Talbo. Ik ben niet bang om te sterven,' zei ze.

Ze kwamen boven op de vestingmuur aan. Er waaide onophoudelijk een koude wind. Talbo zocht beschutting in zijn mantel. Loni voelde geen kou meer. Ze keek naar de lichten van een stad aan de horizon, naar de lichten van het legerkamp aan de voet van de berg. In vrijwel de hele vallei brandden vuren. De Franse soldaten waren in afwachting van de definitieve beslissing.

Ze hoorden het geluid van een fluit, dat van beneden kwam. Een paar stemmen zongen.

'Het zijn soldaten,' zei Talbo, 'ze weten dat ze ieder moment kunnen sterven, en daarom is het leven één groot feest.'

Loni voelde zich vreselijk boos op het leven. De Stemmen vertelden haar dat Talbo andere vrouwen zou tegenkomen, kinderen zou krijgen, en rijk zou worden door het plunderen van steden. 'Maar hij zal nooit meer van iemand houden zoals van jou, want jij bent een deel van hem, voor altijd,' zeiden de Stemmen.

Ze bleven een tijd naar het landschap in de diepte kijken, hun armen om elkaar heen, en ze luisterden naar het gezang van de krijgers. Loni voelde dat die berg in het verleden het toneel was geweest van andere oorlogen, in zo'n ver verleden dat zelfs de Stemmen het zich niet konden herinneren.

'We zijn eeuwig, Talbo. De Stemmen hebben me dat verteld, in de tijd dat ik hun gezichten en lichamen kon zien.'

Talbo wist van de Gave van zijn vrouw. Maar het was lang geleden dat ze daarover had gesproken. Misschien waren het waanvoorstellingen, als gevolg van de koorts.

'Maar ook al is dat zo, geen leven is gelijk aan het andere.

En het kan zijn dat we elkaar nooit meer ontmoeten. Ik wil dat je weet dat ik mijn hele leven van jou heb gehouden. Ik hield van je voor ik je kende. Je bent een deel van mij.

Ik ga dood. En omdat morgen net zo'n goede dag is om te sterven als iedere andere, wil ik graag samen met de priesters sterven. Ik heb nooit begrepen wat zij van de wereld dachten, maar zij hebben mij altijd begrepen. Ik wil hen vergezellen naar het andere leven. Misschien ben ik een goede gids voor hen, omdat ik al eerder in die andere werelden ben geweest.'

Loni dacht dat dit de ironie van het lot was. Eens was ze bang geweest voor de Stemmen omdat ze haar misschien op de brandstapel zouden brengen. En intussen lag die brandstapel hoe dan ook op haar weg.

Talbo keek naar zijn vrouw. Langzaam verdween de glans uit haar ogen, maar ze had nog dezelfde charme als toen hij haar had leren kennen. Bepaalde dingen had hij haar nooit verteld – hij had haar niet verteld over vrouwen die hij als bonus voor een veldslag kreeg, over vrouwen die hij tegenkwam op zijn reizen door de wereld, over vrouwen die hoopten dat hij op een dag terug zou keren. Hij had haar dat niet verteld omdat hij er zeker van was dat zij dit alles wist en het hem vergaf omdat hij haar Grote Liefde was, en een grote liefde staat boven de dingen van deze wereld.

Maar er waren andere dingen die hij haar niet had verteld, en die zij waarschijnlijk nooit te weten zou komen; dat hij vooral dankzij haar, door haar genegenheid en haar vreugde, de zin van het leven had weergevonden. Dat het de liefde voor haar was geweest die hem naar de verste uithoeken van de aarde had gedreven, omdat hij voldoende rijkdom moest vergaren om een boerderij te kopen waar hij dan met haar voor de rest van zijn levensdagen in vrede zou leven. Het onmetelijke vertrouwen in dat fragiele wezentje, wier ziel nu doofde, had hem verplicht om waardig te strijden, omdat hij wist dat hij na de veldslag de verschrikkingen van de oorlog in haar schoot kon vergeten. De enige schoot die werkelijk de zijne was, ondanks alle andere vrouwen. De enige schoot waar hij zijn ogen kon sluiten en kon slapen als een klein kind.

'Ga een priester halen, Talbo,' zei ze, 'ik wil gedoopt worden.'

Talbo aarzelde even; alleen krijgers kiezen hun eigen manier van sterven. Maar de vrouw voor hem had haar leven uit liefde gegeven – misschien was de liefde voor haar een onbekende vorm van oorlog.

Hij stond op en liep de trappen van de vestingmuur af. Loni probeerde zich te concentreren op de muziek die van beneden kwam en die het sterven gemakkelijker maakte. Maar de Stemmen hielden niet op met praten.

'Iedere vrouw mag tijdens haar leven de Vier Ringen van de Openbaring dragen. Jij hebt maar één Ring gedragen, en het was de verkeerde,' zeiden de Stemmen.

Loni keek naar haar handen. Ze had kapotte vingers, en haar nagels waren vuil. Er was geen ring. De Stemmen lachten.

'Je weet waarover we het hebben,' zeiden ze, 'over de Maagd, de Heilige, de Martelares en de Heks.'

Loni wist in haar hart wat de Stemmen zeiden. Maar ze herinnerde het zich niet echt. Lang geleden had ze het geweten. Dat was in een tijd waarin de mensen zich anders kleedden en anders naar de wereld keken. In die tijd had ze ook een andere naam gehad, en een andere taal gesproken.

'Het zijn de vier manieren waarop de vrouw één wordt met het Universum,' zeiden de Stemmen, alsof het voor haar belangrijk was om zich zulke oude dingen te herinneren. 'De Maagd bezit de macht van de vrouw én van de man. Ze is tot de Eenzaamheid veroordeeld, maar de Eenzaamheid openbaart haar geheimen aan haar. De prijs die de Maagd betaalt is dat ze niemand nodig heeft, zich in haar liefde voor iedereen en allen uitput, en aan de hand van de Eenzaamheid de Wijsheid der Wereld ontdekt.'

Loni bleef naar het kampement beneden in de diepte kijken. Ja, dat herinnerde ze zich nu.

'En de Martelares,' zo gingen de Stemmen verder, 'de Martelares bezit de macht van degenen aan wie pijn en lijden geen kwaad kunnen berokkenen. Ze is onzelfzuchtig, lijdt, en aan de hand van Opoffering ontdekt ze de Wijsheid der Wereld.'

Loni keek opnieuw naar haar handen. Daar, aan een van haar vingers glansde onzichtbaar de ring van de Martelares.

'Je had de openbaring van de Heilige kunnen kiezen, ook al zou het niet jouw ring zijn geweest,' zeiden de Stemmen. 'De Heilige bezit de moed van degenen voor wie Geven de enige manier is van ontvangen. Ze zijn een eeuwigdurende bron waaruit de mensen onophoudelijk drinken. En, mocht het haar bron aan water ontbreken, dan geeft de Heilige haar eigen bloed, om ervoor te zorgen dat de mensen nooit ophouden met drinken. Aan de hand van de Onbaatzuchtigheid ontdekt de Heilige de Wijsheid der Wereld.'

De Stemmen zwegen. Loni hoorde de voetstappen van Talbo de stenen trap op komen. Ze wist welke ring in dit leven de hare was, omdat het dezelfde was als in haar voorgaande levens, toen ze andere namen had en andere talen sprak. Met haar ring werd de Wijsheid van de Wereld ontdekt aan de hand van de Lust.

Maar ze wilde zich dat niet herinneren. Om haar vinger glansde onzichtbaar de ring van de Martelares.

Talbo kwam op haar toe. En plotseling, toen ze haar ogen naar hem opsloeg, zag Loni dat de nacht een magische glans had, alsof het een dag vol zonneschijn was.

'Wakker worden!' zeiden de Stemmen.

Maar het waren andere stemmen, stemmen die ze nooit had gehoord. Ze voelde dat iemand haar linkerpols masseerde.

'Kom, we gaan, Brida, sta op!'

Ze opende haar ogen en sloot ze weer snel, want het hemellicht was erg fel. De Dood was iets vreemds.

'Doe je ogen open,' zei Wicca nog eens nadrukkelijk.

Maar ze moest terug naar de burcht. Een man van wie ze hield, was weggegaan om een priester te halen. Ze kon niet op deze manier de benen nemen. Hij was alleen en had haar nodig.

'Vertel me wat je Gave is.'

Wicca gaf haar geen tijd om na te denken. Ze wist dat Brida aan iets buitengewoons had deelgenomen, iets wat heftiger was dan haar ervaring met de tarot. Toch gaf ze haar niet de tijd. Wicca had geen begrip of respect voor Brida's gevoelens; het enige wat ze wilde, was ontdekken wat Brida's Gave was.

'Vertel me iets over je Gave,' zei Wicca nog een keer.

Brida haalde diep adem, en hield haar woede in. Maar het hielp niet. Die vrouw zou doorgaan tot zij iets vertelde.

'Ik was een vrouw die verliefd was op...'

Wicca hield snel haar hand voor Brida's mond. Toen stond ze op, maakte wat merkwaardige gebaren in de lucht, en keek haar weer aan.

'God is het woord. Pas op! Pas op met wat je zegt, in iedere situatie en op ieder moment in je leven.'

Brida begreep niet waarom Wicca zo reageerde.

'God manifesteert zich in alles, maar het woord is een van Zijn favoriete werktuigen. Want het woord is een in vibraties omgezette gedachte; je geeft iets wat voorheen slechts energie was een plaats in de lucht om je heen. Heel erg opgepast met alles wat je zegt,' ging Wicca verder. 'Het woord heeft een grotere macht dan veel rituelen.'

Brida begreep het nog steeds niet. Een andere manier om haar ervaring te vertellen dan door middel van woorden was er niet.

'Die vrouw over wie jij het had,' ging Wicca verder, 'die vrouw was jij niet. Jij was een deel van haar. Andere mensen kunnen hetzelfde geheugen, dezelfde herinnering hebben als jij.'

Brida voelde zich bestolen. Die vrouw was sterk, en ze wilde haar met niemand delen. Bovendien was Talbo er ook nog.

'Vertel me over je Gave,' zei Wicca nog eens. Ze mocht niet toelaten dat het meisje verblind werd door deze ervaring. Een reis in de tijd bracht gewoonlijk veel problemen met zich mee.

'Er zijn heel veel dingen waar ik over moet praten. En met jou, omdat verder niemand mij geloven zal. Alsjeblieft,' drong Brida aan.

Ze begon alles te vertellen, vanaf het moment waarop er regen op haar gezicht drupte. Ze had nu de kans en die mocht ze niet voorbij laten gaan – de kans om met iemand samen te zijn die in het buitengewone geloofde. Ze besefte dat verder niemand met hetzelfde respect zou luisteren, omdat mensen bang waren te weten hoe magisch het leven was; ze waren gewend aan hun huizen, hun werk, hun vooruitzichten, en als er dan iemand opdook die zei dat je door de tijd kon reizen – dat je burchten kon zien in het Universum, dat er tarotspelen waren die verhalen vertelden, mannen die door de Donkere Nacht liepen – dan zouden de mensen zich bestolen voelen door het leven, want zij hadden dat niet, in hun leven waren de dagen altijd hetzelfde, de nachten altijd hetzelfde, de weekends altijd hetzelfde.

Daarom moest Brida deze kans met beide handen aangrijpen; als de woorden God waren, dan moest maar in de lucht om haar heen vastgelegd worden dat zij naar het verleden was gereisd, en zich het verleden net zo scherp herinnerde als was het het heden, als was het dit bos. Mocht later iemand haar dan kunnen bewijzen dat er niets van dat alles was gebeurd, als de tijd en de ruimte ervoor zorgden dat zijzelf aan dit alles twijfelde, als zijzelf ten slotte ervan overtuigd was dat dit alles niet meer dan een illusie was, dan zouden de woorden van deze middag in het bos nog in de lucht vibreren en dan zou op zijn minst één iemand, iemand voor wie de magie deel van het leven was, weten dat alles werkelijk gebeurd was.

Ze beschreef de burcht, de priesters met hun zwart-gele gewaden, het uitzicht op de vallei met de vuren, haar man die dingen dacht die zij kon opvangen. Wicca hoorde haar geduldig aan, toonde alleen interesse wanneer Brida verslag deed van de stemmen die zich in Loni's hoofd lieten horen. Op die momenten onderbrak ze haar en vroeg ze of de stemmen mannelijk of vrouwelijk waren (ze waren van beide geslachten), of ze een bepaalde emotie doorgaven, zoals agressiviteit of troost (nee, het waren onpersoonlijke stemmen) en of ze die stemmen kon oproepen wanneer ze dat wilde (ze wist het niet, ze had er geen tijd voor gehad).

'Oké, we kunnen gaan,' zei Wicca. Ze trok de tuniek uit en stopte die terug in de tas. Brida was teleurgesteld – ze had gedacht dat ze wel een soort schouderklopje zou krijgen. Of op zijn minst een verklaring. Maar Wicca leek op bepaalde artsen, die een patiënt onpersoonlijk blijven aankijken, meer geïnteresseerd in het noteren van de symptomen dan in het begrijpen van de pijn en het lijden die de symptomen veroorzaken.

Het werd een lange terugreis. Telkens als Brida over haar ervaring wilde beginnen, bleek Wicca slechts geïnteresseerd in de stijgende kosten van levensonderhoud, in de files aan het eind van de middag, in de problemen die de beheerder van het gebouw waar ze woonde allemaal maakte.

Pas toen ze weer in de twee fauteuils zaten, gaf Wicca commentaar op Brida's ervaring.

'Ik wilde je iets zeggen,' zei ze, 'probeer niet je emoties te verklaren. Beleef alles zo intens mogelijk, en koester wat je ervaren hebt als een geschenk van God. Als je een wereld waarin leven belangrijker is dan begrijpen, niet kunt verdragen, zie dan af van de magie.

De beste manier om de brug tussen het zichtbare en onzichtbare kapot te maken is proberen emoties te verklaren.'

Emoties waren wilde paarden, en Brida wist dat haar verstand ze op geen enkel moment volledig beheersen kon. Ooit had ze een vriendje gehad dat om de een of andere reden was weggegaan. Brida was maandenlang thuisgebleven, en al die tijd had ze niet anders gedaan dan voor zichzelf de honderden onvolkomenheden, de duizenden minpunten van die verhouding verklaren. Maar iedere ochtend had ze bij het wakker worden aan hem gedacht en geweten dat als hij zou bellen ze toch weer een afspraak zou maken.

In de keuken blafte de hond. Brida wist dat dit een code was, het bezoek was voorbij.

'Alsjeblieft, we hebben nog niets besproken!' smeekte ze. 'En ik heb nog minstens twee vragen.'

Wicca stond op. Het meisje speelde het klaar om steeds

als het tijd was om op te stappen met belangrijke vragen te komen.

'Ik wilde weten of de priesters die ik zag ook werkelijk bestaan hebben.'

'Maken we eens iets bijzonders mee, proberen we onszelf nog geen twee uur later ervan te overtuigen dat het fantasie was,' zei Wicca, terwijl ze naar de boekenkast liep. Brida herinnerde zich wat ze in het woud had gedacht over mensen die bang zijn voor het uitzonderlijke. Ze schaamde zich.

Wicca kwam terug met een boek.

'De katharen, ofwel de Volmaakten, waren priesters van een kerk die in het zuiden van Frankrijk werd gesticht, aan het einde van de twaalfde eeuw. Ze geloofden in reïncarnatie, en in het absolute Goed en Kwaad. De wereld was opgedeeld in uitverkorenen en verlorenen. En mensen proberen te bekeren had geen zin.

Het feit dat de katharen niet hechtten aan aardse waarden leidde ertoe dat de feodale heren van de Languedoc hun godsdienst overnamen; ze hoefden niet langer de zware belastingen te betalen die de katholieke Kerk toentertijd oplegde. Ook hadden de katharen, omdat al voor de geboorte was vastgelegd wie goed was en wie slecht, een zeer tolerante houding ten aanzien van seks – en vooral tegenover de vrouw. Streng waren ze alleen tegenover diegenen die de priesterwijding ontvingen.

Alles ging goed totdat het katharendom aanhang kreeg in de steden. De katholieke Kerk voelde de dreiging en riep op tot een kruistocht tegen de ketters. Veertig jaar lang werden er tussen de katharen en de katholieken bloedige veldslagen uitgevochten, maar de gezagsgetrouwe legers, gesteund door diverse naties, slaagden er ten slotte in om alle steden die de nieuwe godsdienst hadden aangenomen, te verwoesten. Resteerde slechts hun burcht Monségur, in de Pyreneeën, waar de katharen standhielden totdat de geheime weg – waarlangs ze bevoorraad werden – werd ontdekt. Op een ochtend in maart 1244 capituleerde de burcht en tweehonderdtwintig katharen wierpen zich zingend in de enorme brandstapel onder bij de berg waarop de burcht was gebouwd.'

Wicca vertelde dit alles met het boek ongeopend op haar schoot. Pas toen ze met vertellen ophield sloeg ze het open om een foto te zoeken.

Brida bekeek de foto. Het waren ruïnes, een toren die vrijwel helemaal vervallen was, maar de vestingmuren waren intact. Daar was de binnenplaats, de trap die Loni en Talbo op gelopen waren, de rots die versmolt met de vestingmuur en de toren.

'Je zei dat je nog een vraag had.'

Die vraag deed er niet meer toe. Brida kon op dat moment niet helder denken. Ze voelde zich vreemd. Na enige inspanning herinnerde ze zich wat ze weten wilde.

'Ik wilde weten waarom jij je tijd aan mij verdoet. Waarom je mij wilt onderwijzen.'

'Omdat dat vanuit de Traditie de opdracht is,' antwoordde Wicca, 'jij hebt je tijdens de opeenvolgende reïncarnaties maar weinig gedeeld. Je behoort tot hetzelfde type mensen als waartoe mijn vrienden en ik behoren. Wij zijn degenen die de taak hebben de Traditie van de Maan te bewaren.

Jij bent een heks.'

Brida besteedde geen aandacht aan wat Wicca zei. Het kwam niet eens in haar hoofd op een nieuwe afspraak te maken: het enige waar ze op dat moment behoefte aan had was weggaan, dingen ontdekken die haar terugbrachten naar de gewone wereld; een vochtplek op de muur, een pakje sigaretten dat op de grond was gegooid, de brieven die op de tafel van de conciërge waren achtergebleven.

Ik moet morgen werken, dacht ze. Ineens begon ze zich zorgen te maken over wat ze nog allemaal moest doen.

Op weg naar huis analyseerde ze hoe de facturering verliep op het exportbedrijf waar ze werkte. Vervolgens bedacht ze een manier om de procedures te vereenvoudigen. Ze was uiterst content: haar baas zou haar denkarbeid op prijs stellen, wie weet leidde het tot opslag.

Ze kwam thuis, at haar avondeten, keek een tijdje tv. Daarna schreef ze haar analyse en aanbevelingen uit op papier. Uitgeput stapte ze in bed.

Exportfacturering had in haar leven aan betekenis gewonnen. Tenslotte werd ze voor dat werk ook betaald.

De rest bestond niet. Al het andere was gelogen.

Een week lang werd Brida telkens op de juiste tijd wakker, deed haar werk op het exportkantoor met de grootst mogelijke toewijding en kreeg een welverdiende pluim van haar baas. Op de universiteit miste ze geen enkel college, en in de tijdschriften van de krantenkiosken stond niets wat niet haar interesse had. Het enige wat ze moest doen, was: er niet aan denken. Mocht ze er toch ongewild aan denken dat ze ginds in de bergen een Magiër kende en in de stad waar ze woonde een heks, dan werden die gedachten wel verdreven door de tentamens van het komende semester en de opmerkingen van de ene vriendin over een andere vriendin.

Het werd vrijdag, en haar vriend kwam haar ophalen bij de poort van de faculteit om naar de bioscoop te gaan. Daarna gingen ze naar een café waar ze regelmatig kwamen, ze praatten over de film, over vrienden en over wat er op het werk was voorgevallen. Ze zagen vrienden die van een feest kwamen, gingen met hen eten, en waren God dankbaar dat er in Dublin altijd wel een restaurant open was.

Om twee uur 's nachts namen de vrienden afscheid en besloten ze naar haar huis te gaan. Zodra ze er waren, zette hij een plaat op, van Iron Butterfly, en schonk twee dubbele whisky's in. Ze zaten in innige omhelzing op de bank, hij streelde haar haar en daarna haar borsten.

'Dat was me het weekje wel,' zei zij plotseling, 'ik heb aan één stuk door gewerkt, alle tentamens voorbereid die ik voorbereiden kon en alle inkopen gedaan die nog gedaan moesten worden.'

De plaat was afgelopen. Zij stond op om hem om te draaien.

'En de deur van de keukenkast, je weet wel, die uit zijn hengsels hing, ik heb eindelijk eens tijd kunnen maken om iemand te bellen die dat komt repareren.

Ik moest verschillende keren naar de bank. Een keer om het geld op te halen dat pa me heeft gestuurd, een andere keer om binnengekomen cheques van de firma te deponeren, en een andere keer...'

Lorens staarde haar aan.

'Waarom kijk je me zo aan?' zei ze. Haar stem klonk agressief. Die man voor haar, die man die almaar rustig was, almaar keek, niet in staat om ook maar iets intelligents te zeggen, het was een absurde situatie. Ze had hem niet nodig. Ze had niemand nodig.

'Waarom kijk je me zo aan?' zei ze nog eens.

Maar hij zei niets. Hij stond ook op, en heel teder leidde hij haar terug naar de bank.

'Je luistert helemaal niet naar wat ik vertel,' zei Brida, in de war.

Lorens trok haar terug op zijn schoot.

Emoties zijn wilde paarden, dacht ze.

'Vertel me alles,' zei Lorens teder. 'Ik zal naar je luisteren en je beslissing respecteren. Ook als er een andere man is. Ook als het een afscheid is.

We zijn al een tijdje samen. Ik ken je nog niet goed, ik weet niet precies hoe je bent. Maar ik weet wel hoe je níet bent. En de hele avond ben je niet jezelf geweest.'

Brida had zin om te huilen. Maar ze had al zo veel tranen vergoten vanwege donkere nachten, vanwege tarotkaarten die spraken, vanwege betoverde bossen. Emoties waren wilde paarden – het enige wat overbleef was ze los te laten, eindelijk.

Ze ging voor hem zitten, want ze herinnerde zich dat zowel de Magiër als Wicca dat prettig vond. Daarna vertelde ze ononderbroken alles wat er sinds haar ontmoeting met de Magiër in de bergen was voorgevallen. Lorens hoorde haar aan zonder ook maar iets te zeggen. Toen ze het over de foto had, vroeg Lorens of ze op de cursussen die ze had gevolgd ooit over de katharen gehoord had.

'Ik weet dat jij niets gelooft van wat ik je heb verteld,' antwoordde ze. 'Jij denkt dat het mijn onbewuste was, dat ik me dingen herinnerde die ik al wist. Nee, Lorens, echt, ik had nog nooit van de katharen gehoord. Maar ik weet dat jij voor alles wel een verklaring hebt.'

Haar handen trilden, ze kon er niets aan doen. Lorens stond op, pakte een vel papier en maakte er twee gaten in – op twintig centimeter van elkaar. Hij zette het papier tegen de whiskyfles aan, zodat het rechtop bleef staan.

Toen ging hij naar de keuken en haalde een kurk.

Hij ging aan het ene uiteinde van de tafel zitten en schoof het vel papier met de fles naar het andere uiteinde. Vervolgens legde hij de kurk vlak voor zich neer.

'Kom eens hier,' zei hij.

Brida stond op. Ze probeerde haar trillende handen te verbergen, maar het scheen hem niet te kunnen schelen.

'Nu doen we net alsof deze kurk een elektron is, een van de kleine deeltjes waaruit een atoom bestaat. Oké?'

Ze knikte.

'Let dan nu op. Als ik nu van die heel ingewikkelde apparaten bij me zou hebben waarmee ik een elektron kan schieten, en ik zou hem naar dat blad schieten, dan vliegt die elektron tegelijkertijd door allebei de gaten, wist je dat? En dan ook nog *zonder zich te splitsen*.'

'Dat geloof ik niet,' zei ze, 'dat kan niet.'

Lorens pakte het papier en gooide het in de prullenmand. Daarna legde hij de kurk terug op de plek waar hij hem had gepakt – hij was een uiterst geordend persoon.

'Geloof het niet, maar het is waar. Alle natuurkundigen weten dit, hoewel ze het niet kunnen verklaren.

Wat jij me vertelt, geloof ik ook niet. Maar ik weet dat het waar is.'

Brida's handen trilden nog steeds. Maar ze huilde niet en verloor ook haar zelfbeheersing niet. Wat ze merkte was dat de alcohol uitgewerkt was. Ze was helder, vreemd helder.

'En wat doen de natuurkundigen als ze geconfronteerd worden met dat soort mysteries?'

'Ze gaan de Donkere Nacht in, om een term te gebruiken die jij me geleerd hebt. We weten dat het mysterie ons nooit zal verlaten – dus leren we het te aanvaarden en ermee te leven.

Ik geloof dat het in veel situaties in het leven zo is. Een moeder die haar kind opvoedt voelt zich waarschijnlijk alsof ze de Donkere Nacht binnengaat. Of een emigrant die op zoek naar werk en geld wegtrekt uit zijn vaderland. Ze geloven allemaal dat hun inspanningen beloond zullen worden, dat ze op een dag zullen begrijpen wat zich op hun weg heeft voorgedaan – dat er toentertijd zo angstaanjagend uitzag.

Het zijn niet de verklaringen die ons vooruitbrengen; het is onze wil om verder te gaan.'

Brida voelde zich plotseling verschrikkelijk moe. Ze moest slapen. De slaap was het enige magische rijk dat ze nu zou kunnen binnengaan.

Die nacht had ze een prachtige droom, over zeeën en bosrijke eilanden. Ze werd voor dag en dauw wakker, en was gelukkig omdat Lorens naast haar lag. Ze stond op en liep naar het raam van haar slaapkamer, om naar het slapende Dublin te kijken.

Ze herinnerde zich haar vader, die dat altijd had gedaan wanneer zij weer eens in paniek wakker was geworden. Deze herinnering bracht nog een ander tafereel uit haar kinderjaren naar boven.

Ze was met haar vader op het strand, en hij vroeg haar te voelen of de temperatuur van het water goed was. Ze was vijf, en was blij dat ze mocht helpen; ze liep tot bij het water en stak haar voeten erin.

'Ik heb mijn voeten erin gestopt, het is koud,' zei ze tegen hem.

Haar vader nam haar op de arm, liep met haar naar het water en gooide haar, zonder enige waarschuwing, in het water. Ze schrok maar moest toen lachen om zijn geintje.

'Hoe is het water?' vroeg haar vader.

'Heerlijk,' antwoordde ze.

'Nou dan, als je iets wil weten, spring er voortaan dan gewoon in.'

Ze was die les heel snel vergeten. Hoewel ze nog maar eenentwintig was, was ze al aan legio dingen begonnen. Maar zo snel als ze aan iets begon, zo snel liet ze het ook weer los. Het was niet dat ze tegen problemen opzag, maar wat haar beangstigde was een weg te moeten kiezen.

Een weg kiezen betekende van andere wegen afzien. Ze

had haar hele leven nog voor zich, en ze dacht almaar dat ze in de toekomst misschien spijt zou voelen van de dingen waar ze nu aan begon.

Ik ben bang om me vast te leggen, dacht ze bij zichzelf. Ze wilde alle wegen gaan die er maar mogelijk waren, en uiteindelijk zou ze er geen enkele gaan.

In het allerbelangrijkste van haar leven, de liefde, had ze niet echt tot het einde kunnen gaan; na de eerste teleurstelling had ze zich nooit meer volledig gegeven. Ze vreesde het verdriet, het verlies, de onvermijdelijke scheiding. Natuurlijk, dergelijke dingen waren inherent aan de liefde – en de enige manier om ze te vermijden was van de liefde af te zien. Niet lijden en wél liefhebben ging onmogelijk samen.

Alsof je, om niet de slechte dingen van het leven te hoeven zien, jezelf je ogen moest uitsteken.

Wat is het leven toch ingewikkeld, dacht ze.

Je moest risico's aangaan, bepaalde wegen volgen en andere verlaten. Ze herinnerde zich dat Wicca het had gehad over mensen die een weg volgen alleen maar om te bewijzen dat die weg voor hen niets is. Maar dat was niet het ergste. Het ergste was kiezen en je de rest van je leven blijven afvragen of je wel de juiste keuze had gemaakt. Niemand kon kiezen zonder bang te zijn.

Desondanks was dit de wet van het leven. Dit was de Donkere Nacht, en niemand kon voor de Donkere Nacht wegvluchten, ook al zou je nooit een beslissing nemen, ook al zou je nooit de moed hebben om ook maar iets te veranderen; want dat was op zich al een beslissing, een verandering. En zonder de verborgen schatten van de Donkere Nacht als resultaat.

Lorens had misschien gelijk. Uiteindelijk zouden ze lachen om de angsten die ze aanvankelijk hadden gehad. Zoals ze later had gelachen om de slangen en schorpioenen waarvan ze had gedacht dat het bos die herbergde. In haar wanhoop had ze zich niet herinnerd dat de beschermheilige van

Ierland, Sint Patrick, alle slangen uit het land had verdreven.

'Wat fijn dat jij er bent, Lorens,' zei ze zachtjes, bang dat hij het hoorde.

Ze kroop terug in bed. De slaap kwam vlug. Maar niet nadat ze zich nog een voorval had herinnerd waarin haar vader een rol speelde. Het was zondagmiddag en ze aten bij haar grootmoeder thuis, de hele familie was bijeen. Ze was veertien, zoiets, en klaagde dat het haar maar niet lukte om een opgave van haar huiswerk af te maken, omdat hoe ze ook begon, ze toch telkens bij een oplossing uitkwam die totaal fout was.

'Misschien leren die fouten je wel iets,' zei haar vader. Maar Brida wist wel zeker van niet; want zij was er op een verkeerde manier aan begonnen, en nu lukte het niet meer.

Haar vader pakte haar bij haar hand en ze gingen naar de woonkamer, waar haar oma altijd tv-keek. Daar was een grote staande klok, een antieke klok, die het al jaren niet meer deed omdat bepaalde onderdelen niet te krijgen waren.

'Er is niets in de wereld wat totaal fout is, lieve schat,' zei haar vader en hij keek naar de klok. 'Zelfs een klok die stilstaat, kan twee keer per dag de juiste tijd aangeven.'

Ze had al een poos rondgelopen, toen ze de Magiër eindelijk vond. Hij zat op een steen – vlak bij de top van de berg – en keek naar de vallei en de bergen in het westen. Vanaf deze plek had je een schitterend uitzicht, en Brida herinnerde zich dat de geesten een voorkeur hebben voor dit soort plekken.

'Zou God alleen maar de God van de schoonheid zijn?' zei ze terwijl ze hem naderde. 'En hoe moet het dan met de lelijke plekken en de lelijke mensen?'

De Magiër gaf geen antwoord. Brida was teleurgesteld.

'Misschien ben je vergeten wie ik ben. Ik ben hier twee maanden geleden geweest. Ik was een hele nacht in het bos, alleen. Ik heb mezelf toen beloofd dat ik pas terug zou komen als ik mijn weg gevonden zou hebben.

Ik heb iemand leren kennen, Wicca heet ze.'

De Magiër knipperde met zijn ogen. Hij realiseerde zich dat het meisje niets in de gaten had gehad. Hij lachte vanwege de ongelooflijke ironie van het lot.

'Volgens Wicca ben ik een heks,' ging het meisje verder.

'Maar je hebt geen vertrouwen in haar?'

Het was de eerste vraag die de Magiër stelde sinds ze naar hem toe was gelopen. Brida was blij, want hij had dus wel geluisterd; tot dan toe was ze daar niet zeker van geweest.

'Ik heb wél vertrouwen in haar,' antwoordde ze, 'en ik heb ook vertrouwen in de Traditie van de Maan. Maar ik weet dat de Traditie van de Zon me geholpen heeft, doordat jij me gedwongen hebt de Donkere Nacht te begrijpen. En daarom ben ik teruggekomen.'

'Nou, ga zitten en kijk naar de zonsondergang,' zei de Magiër.

'Ik blijf niet opnieuw in mijn eentje in het bos achter,' antwoordde ze, 'de laatste keer dat ik hier was...'

De Magiër onderbrak haar: 'Nee, nee, zeg dat niet. God bevindt zich in de woorden.'

Wicca had hetzelfde gezegd.

'Wat zei ik fout?'

'Als je zegt dat het "de laatste keer" was, kan het echt de laatste keer worden. Wat je eigenlijk wilde zeggen, is "toen ik onlangs hier was..." '

Brida kreeg een bedrukt gevoel. Ze zou vanaf nu heel erg op haar woorden moeten letten. Ze besloot te gaan zitten en te zwijgen, en te doen wat de Magiër haar zei – naar de zonsondergang te kijken.

Maar van naar de zonsondergang kijken werd ze nerveus. Het was nog bijna een uur voor de schemering begon, en Brida had veel te bespreken, veel te vertellen en veel te vragen. Altijd als ze niets deed en iets bekeek, kreeg ze het gevoel dat ze kostbare tijd van haar leven verspilde, geen dingen kon doen, geen mensen kon ontmoeten; ze kon haar tijd veel beter besteden, want ze had nog een boel te leren. Maar toen de zon de horizon naderde en de wolken verzadigd raakten van gouden en roze stralen, kreeg Brida het gevoel dat al haar strijd in het leven bedoeld was om op een dag te kunnen gaan zitten en naar een zonsondergang te kijken als deze.

'Kun je bidden?' vroeg de Magiër op een gegeven moment.

Natuurlijk kon Brida dat. Iedereen op de wereld kon dat.

'Oké, zodra de zon de horizon raakt, doe dan een gebed. In de Traditie van de Zon worden de mensen door hun gebeden één met God. Een gebed gedaan met woorden uit je ziel, is veel machtiger dan welk ritueel ook.'

'Ik kan niet bidden, want mijn ziel zwijgt,' antwoordde Brida.

De Magiër lachte.

‘Alleen de grote verlichten hebben een ziel die zwijgt.’

‘Waarom kan ik dan niet met mijn ziel bidden?’

‘Omdat het jou aan de nederigheid ontbreekt om naar haar te luisteren en te horen wat haar verlangens zijn. Je schaamt je ervoor om naar de verlangens van je ziel te luisteren. En je bent bang die verlangens naar God te zenden, want je denkt dat Hij geen tijd heeft om zich daarmee bezig te houden.’

Daar zat ze dan, met voor zich een zonsondergang en naast zich een wijze. Maar steeds als zulke mooie momenten zich in haar leven voordeden, had ze de indruk dat ze niets van dat alles verdiende.

‘Ja, ik vind dat ik dat ook niet waard ben. Ik denk dat de spirituele zoektocht gemaakt werd voor betere mensen dan ik.’

‘Die mensen – zo ze al bestaan – hoeven niet te zoeken. Zij zijn zelf de manifestatie van de geest. De zoektocht werd gemaakt voor mensen als wij.’

‘Als wij,’ had hij gezegd. Maar hij was haar wel vele stappen voor.

‘God is in den Hoge, zowel in de Traditie van de Zon als in die van de Maan,’ zei Brida, want ze begreep dat het om een en dezelfde Traditie ging, ze verschilden alleen in de manier waarop ze onderwezen werden.

‘Leer me dan, alsjeblieft, te bidden.’

De Magiër draaide zich naar de zon toe, en sloot zijn ogen.

‘Heer, we zijn mensen en kennen onze grootheid niet. Schenk ons, Heer, de nederigheid om te vragen om wat we nodig hebben. Want geen enkel verlangen is ijdel en geen enkele vraag onbeduidend. Iedereen weet waarmee hij zijn ziel kan voeden; geef ons de moed onze verlangens te zien als komend uit de bron van Uw eeuwige Wijsheid. Pas als we onze verlangens aanvaarden, Heer, kunnen we een idee krijgen wie we zijn. Amen.

Nu is het jouw beurt,' zei de Magiër.

'Heer, maak dat ik begrijp dat ik alles wat me aan goeds in het leven overkomt, verdien. Maak dat ik begrijp dat wat me beweegt om Uw waarheid te zoeken, dezelfde kracht is als die de heiligen heeft bewogen, en dat de twijfels die ik heb dezelfde twijfels zijn als de heiligen hebben gehad, en dat de zwakheden die ik ervaar, dezelfde zwakheden zijn als die de heiligen hebben ervaren. Heer, maak dat ik voldoende nederig ben om te aanvaarden dat ik niet anders ben dan de anderen. Amen.'

Ze bleven zwijgend zitten en keken naar de zonsondergang tot de laatste zonnestraal van die dag de wolken verliet. Hun zielen baden, vroegen om dingen en dankten dat ze samen waren.

'Kom, we gaan naar het dorp, naar het café,' zei de Magiër.

Brida trok haar schoenen weer aan en ze begonnen aan de afdaling. Ze dacht weer aan de dag toen ze naar de berg was gegaan om hem te zoeken. Ze beloofde zichzelf dat ze nog maar éénmaal in haar leven dit verhaal vertellen zou; ze hoefde zichzelf niet te blijven overtuigen.

De Magiër keek naar het meisje dat voor hem afdaalde. Ze wilde laten zien dat de stenen en de vochtige grond geen probleem voor haar waren, maar ze struikelde voortdurend. Zijn hart werd er even vrolijk van, maar het was meteen weer op zijn hoede.

Soms komen de zegeningen van God met zo'n geweld binnen dat ze alle ruiten verbrijzelen.

Het was fijn dat Brida bij hem was, dacht de Magiër, terwijl ze de berg afliepen. Hij was een mens net als alle andere, met dezelfde zwakheden, dezelfde deugden – nog steeds was hij niet aan zijn rol van Meester gewend. Aanvankelijk, toen ze uit verschillende delen van het land naar het woud kwamen om door hem onderwezen te worden, sprak hij van de Traditie van de Zon en vroeg hij hun om te begrijpen wat er om hen heen was. Daar bewaarde God Zijn wijsheid, en iedereen was in staat die te begrijpen aan de hand van een paar oefeningen, verder niets. De manier van onderwijzen die de Traditie van de Zon hanteerde, was al tweeduizend jaar geleden beschreven door de Apostel: 'Ik kwam bij u in al mijn zwakheid en was angstig en onzeker. De boodschap die ik verkondigde overtuigde niet door wijsheid, maar bewees zich door de kracht van de Geest, want uw geloof moest niet op menselijke wijsheid steunen, maar op de kracht van God.'

Maar de mensen bleken niet in staat te begrijpen wat hij over de Traditie van de Zon vertelde, en ze raakten teleurgesteld, omdat hij een mens was als alle andere.

Hij zei dat het niet zo was, dat hij een Meester was en dat het enige wat hij deed, was hun ieder zijn eigen middelen aanreiken om de Wijsheid te verwerven. Maar ze hadden behoefte aan veel meer – ze hadden behoefte aan een gids. Ze begrepen de Donkere Nacht niet, begrepen niet dat wie ook hun gids zou zijn, deze toch – met zijn lantaarn – slechts datgene verlichten zou wat hijzelf zien wilde. En als die lantaarn toevallig uit zou gaan, zouden de mensen verloren zijn, omdat ze niet de weg terug zouden kennen.

Maar ze hadden behoefte aan een gids. En wilde hij een

goede Meester zijn, dan moest hij ook de noden van de ander accepteren.

Toen begon hij zijn lessen te vullen met nutteloze maar fascinerende zaken, zodat iedereen in staat zou zijn te aanvaarden en te leren. De methode werkte goed. Ze leerden de Traditie van de Zon en wanneer ze er ten slotte achter kwamen dat veel dingen die de Magiër hun had opgedragen, volstrekt nutteloos waren, moesten ze om zichzelf lachen. En de Magiër was tevreden, omdat hij ten slotte geleerd had hoe hij anderen dingen kon leren.

Brida onderscheidde zich van zijn eerdere leerlingen. Haar gebed had de Magiër diep geraakt. Zij had het vermogen te begrijpen dat geen enkel mens op deze planeet anders is dan de ander. Slechts een enkeling was in staat hardop te zeggen dat de grote Meesters uit het verleden met dezelfde kwaliteiten en dezelfde tekortkomingen waren uitgerust als ieder ander mens, en dat dit hun capaciteit om God te zoeken met geen greintje verminderd had. Jezelf slechter vinden dan de anderen was een uiting van trots, een van de gewelddadigste uitingen van trots die hij kende – want het was de destructiefst mogelijke manier van anders-zijn gebruiken.

In het café bestelde de Magiër twee glazen whisky.

'Kijk eens naar de mensen,' zei Brida, 'ze komen hier vast iedere avond. Ze doen waarschijnlijk nooit anders.'

De Magiër was er niet meer zeker van of Brida zichzelf wel als gelijk aan de anderen zag.

'Je maakt je te druk over de anderen,' antwoordde hij, 'ze zijn een spiegel van jezelf.'

'Dat weet ik. Ik had voor mezelf al uitgevonden wat me vrolijk en wat me triest maakte. Plotseling begreep ik dat ik daar anders over moest gaan denken. Maar het is moeilijk.'

'En wat was de reden van die omkeer?'

'De Liefde. Ik ken een man die me completeert. Drie dagen geleden maakte hij me duidelijk dat zijn wereld ook vol mysteries is. Dus ben ik niet alleen.’

De Magiër gaf geen krimp. Maar hij herinnerde zich de zegeningen van God die ruiten verbrijzelen.

‘Hou je van hem?’

‘Ik heb uitgevonden dat ik nog meer van hem kan houden. Mocht deze weg me vanaf nu niets nieuws meer leren, dan heb ik toch wel iets belangrijks geleerd: je moet risico nemen.’

Toen ze de berg afdaalden, had hij zich een geweldige nacht voorgesteld. Hij wilde haar laten zien hoezeer hij haar nodig had, laten zien dat hij een man was zoals de andere mannen, dat hij de eenzaamheid moe was. Maar het enige wat zij wilde was antwoord op haar vragen.

‘Er hangt iets vreemds in de lucht,’ zei het meisje. De sfeer leek veranderd te zijn.

‘Dat zijn de Boodschappers,’ antwoordde de Magiër, ‘de kunstmatige demonen, degenen die geen deel uitmaken van de linkerarm van God, degenen die ons niet naar het licht leiden.’

Zijn ogen glansden. Er was echt iets veranderd – en hij sprak over demonen.

‘God schiep het Legioen van Zijn Linkerarm om ons te vervolmaken, zodat we weten wat we met onze missie aan moeten,’ ging hij verder, ‘maar hij liet aan de mens de macht de krachten van de duisternis te bundelen, en zijn eigen demonen te scheppen.’

Daar was hij op dat moment ook mee bezig.

‘We kunnen ook de krachten van het goede bundelen,’ zei het meisje, lichtjes geschrokken.

‘Nee, dat kunnen we niet.’

Het was fijn dat zij iets vroeg, hij moest nu afgeleid worden. Hij wilde geen demon scheppen. Binnen de Traditie van de Zon werden zij Boodschappers genoemd en ze konden veel goeds doen, of veel slechts – enkel de grote Meesters was het toegestaan om ze aan te roepen. Hij was een groot Meester, maar hij wilde dit nu niet doen – want de kracht van de Boodschapper was gevaarlijk, vooral wanneer ze vermengd werd met teleurstellingen in de liefde.

Brida was beduusd van zijn antwoord. De Magiër gedroeg zich vreemd.

'We kunnen het Goede niet bundelen,' ging hij verder, terwijl hij zich vreselijk inspande om zijn woorden goed te kiezen. 'De Kracht van het Goede spreidt zich altijd, net als het Licht. Wanneer je trillingen van het Goede uitzendt, profiteert de hele mensheid. Maar wanneer je de krachten van de Boodschapper bundelt, bevoordeel je – of benadeel je – alleen jezelf.'

Zijn ogen schitterden. Hij riep de kroegbaas en betaalde.

'Kom, we gaan naar mijn huis,' zei hij, 'ik zet thee en jij vertelt me welke vragen in jouw leven de belangrijke vragen zijn.'

Brida aarzelde. Hij was een aantrekkelijke man. En zij was een aantrekkelijke vrouw. Ze was bang dat die avond haar leertijd schaden kon.

Ik moet risico's nemen, herhaalde ze tegen zichzelf.

Het huis van de Magiër lag even buiten het dorp. Brida vond het comfortabel en goed ingericht, hoewel heel anders dan het huis van Wicca. Er viel nergens een boek te bekennen, er stonden nauwelijks meubels, de lege ruimte domineerde.

Ze gingen de keuken in om thee te zetten en keerden terug naar de woonkamer.

'Wat kwam je vandaag doen?' vroeg de Magiër.

'Ik had mezelf beloofd dat ik pas terug zou komen wanneer ik het een en ander zou weten.'

'En dat weet je?'

'Ik weet een beetje. Ik weet dat de weg eenvoudig is, en juist daardoor moeilijker dan ik dacht. Maar ik wil het voor mijn ziel wat makkelijker maken. Dit is mijn eerste vraag. Waarom verdoe je je tijd met mij?'

Omdat jij mijn Andere Deel bent, dacht de Magiër.

'Omdat ik ook iemand nodig heb om mee te praten,' antwoordde hij.

'Wat vind je van de weg die ik gekozen heb, de Traditie van de Maan?'

De Magiër moest de waarheid zeggen. Ook al had hij liever gehad dat de waarheid een andere was.

'Het is jouw weg. Wicca heeft gelijk. Jij bent een heks. Je zult in het geheugen van de Tijd de lessen vinden die God onderwezen heeft.'

En hij peinsde waarom het leven zo was, waarom hij een Ander Deel had gevonden dat alleen maar aan de hand van de Traditie van de Maan zou kunnen leren.

'Ik heb nog een vraag, de laatste,' zei Brida. Het werd later en later, straks zou er geen bus meer rijden. 'Ik moet het antwoord weten, ik weet dat Wicca me het niet zal geven. Want ze is net als ik een vrouw – ze is en blijft mijn Meester, maar in dit opzicht is en blijft ze een vrouw.

Ik wil weten hoe ik mijn Andere Deel moet vinden.'

Dat staat voor je, dacht de Magiër.

Maar hij zei niets. Hij ging naar een hoek van de kamer en deed de lampen uit. Hij liet één lamp aan, een van acryl gemaakt object dat Brida bij binnenkomst niet was opgevallen; het bevatte water en luchtbellen die opstegen en daalden en de ruimte vulden met reflecties van rode en blauwe stralen.

'We hebben elkaar nu al twee keer ontmoet,' zei de Magiër, zijn ogen strak op het object gericht, 'het is mij alleen toegestaan te onderwijzen aan de hand van de Traditie van de Zon. De Traditie van de Zon maakt in de schepselen de voorouderlijke wijsheid wakker die ze in zich dragen.'

'Hoe ontdek ik dan aan de hand van de Traditie van de Zon mijn Andere Deel?'

'Dat is de grote zoektocht van alle mensen op Aarde,' zei de Magiër, en hij herhaalde daarmee ongewild de woorden van Wicca. Misschien hebben ze dezelfde Meester gehad, dacht Brida.

'En als teken van het Andere Deel hanteert de Traditie van de Zon de glans in de ogen, zodat ook iedereen het kan zien.'

'Ik heb al heel veel ogen zien glanzen,' zei Brida. 'Vandaag zelfs nog, in het café, heb ik jouw ogen zien glanzen. Op die manier zoekt iedereen toch.'

Je bent je gebed alweer vergeten, dacht de Magiër. Alweer dacht ze dat ze anders was dan anderen. Ze was niet in staat te zien wat God haar zo grootmoedig liet zien.

'Ik heb geen verstand van ogen,' ging ze hardnekkig verder, 'ik wil weten hoe mensen hun Andere Deel ontdekken aan de hand van de Traditie van de Maan.'

De Magiër draaide zich naar Brida toe. Zijn ogen waren koud en uitdrukkingloos.

'Ja, ik weet het wel, je bent verdrietig om mij,' ging ze verder, 'verdrietig, omdat het mij almaar niet lukt om aan de hand van de eenvoudige dingen te leren. Wat jij niet snapt is dat mensen lijden, elkaar zoeken en vermoorden vanwege de liefde, zonder te beseffen dat ze op datzelfde moment bezig zijn aan hun goddelijke missie om hun Andere Deel te vinden. Je bent vergeten – omdat je een wijze bent en je je de gewone mensen niet meer kunt voorstellen – dat ik duizenden jaren van teleurstellingen met me meedraag, en dat het me niet meer lukt om bepaalde dingen te leren aan de hand van de eenvoud van het leven.'

De Magiër bleef onbewogen.

'Een stip,' zei hij, 'een lichtende stip boven de linkerschouder van het Andere Deel. Zo is het in de Traditie van de Maan.'

'Ik ga nu,' zei ze. En ze hoopte vurig dat hij haar vroeg te blijven. Ze vond het er prettig. Hij had haar vraag beantwoord.

Maar de Magiër stond op en deed haar uitgeleide.

'Ik ga alles leren wat jij weet,' zei ze, 'ik zal erachter komen hoe je die stip kunt zien.'

De Magiër wachtte tot Brida de straat uit was. Hij hoefde zich geen zorgen te maken, over een halfuur vertrok er een bus naar Dublin. Vervolgens ging hij de tuin in en voerde het ritueel uit dat hij iedere avond uitvoerde; hij was eraan gewend om dat te doen, maar soms – vooral vandaag – kostte het hem veel moeite om de concentratie op te brengen.

Toen hij klaar was met het ritueel, ging hij op het stoepje voor de deur zitten en keek naar de lucht. Hij dacht aan Brida. Hij kon haar in de bus zien zitten, met op haar schouder de lichtende stip die alleen hij kon zien, want zij was zijn Andere Deel. Ze verlangde er waarschijnlijk erg naar om de zoektocht af te sluiten, die op de dag van haar geboorte begonnen was. Hij dacht eraan hoe koud en afstandelijk zij was geweest vanaf het moment dat ze bij hem binnen was, en dat dit een goed teken was. Het wilde zeggen dat haar gevoelens haar verwarden; ze beschermde zich tegen iets wat ze niet begrijpen kon.

Ook dacht hij met een zekere angst aan het gegeven dat zij verliefd was.

'Er is niemand die zijn Andere Deel niet vinden kan, Brida,' zei de Magiër luid tegen de planten in zijn tuin. Maar diep in zijn hart begreep hij dat ook hij, hoewel hij de Traditie al zo lang kende, nog moest groeien in zijn geloof, en dat hij eigenlijk zichzelf toesprak.

'Ieder van ons komt op enig moment in zijn leven zijn Andere Deel tegen, en herkent het ook,' ging hij verder. 'Als ik geen Magiër was, en niet de stip op je linkerschouder zou zien, zou het een beetje langer duren voor ik jou zou aanvaarden. Maar je zou je best voor me doen, voor me vechten, en op een dag zou ik de glans in jouw ogen zien.

Maar ik ben een Magiër en nu ben ik degene die voor jou moet vechten. Om zo al mijn kennis om te zetten in wijsheid.'

Lange tijd bleef hij zo zitten, keek naar de nacht en dacht aan Brida, in de bus. Het was kouder dan anders – de zomer zou spoedig voorbij zijn.

'Gevaar of risico is er in de Liefde niet, je zult dat voor jezelf ontdekken. Al duizenden jaren zoeken en vinden mensen elkaar.'

Maar plotseling drong het tot hem door dat hij zich misschien vergiste. Er was altijd een risico, een enkel gevaar.

Dat iemand nóg een Ander Deel ontmoette, tijdens dezelfde reïncarnatie.

Dat gebeurde ook al duizenden jaren.

Winter en lente

De volgende twee maanden wijdde Wicca Brida in in de eerste mysteries van de heksenkunst. Volgens haar leerden vrouwen die onderdelen sneller dan mannen, omdat zich iedere maand in hun lichaam de volledige cyclus van de natuur voltrok: geboorte, leven en dood. 'De Cyclus van de Maan,' zei ze.

Brida kreeg de opdracht een schrift te kopen met blank papier en daarin al haar psychische belevenissen, vanaf hun eerste ontmoeting, op te schrijven. Het schrift hoorde steeds bijgewerkt te zijn. Op de kaft moest een vijfpuntige ster staan – die alles wat geschreven stond, verbond met de Traditie van de Maan. Wicca vertelde dat alle heksen een dergelijk schrift hadden. Het stond bekend als het *Boek der schaduwen*, een eerbetoon aan de zusters die tijdens de vier eeuwen durende heksenjacht vermoord waren.

'Waarom moet ik dat allemaal doen?'

'We moeten jouw Gave opwekken. Zonder haar kun je alleen de Kleine Mysteries leren kennen. De Gave is jouw manier van de wereld dienen.'

Brida moest in een hoekje van haar huis een altaartje inrichten met daarop een kaars die dag en nacht brandde. De kaars was het symbool van de vier elementen, en bevatte de aarde van de lont, het water van de paraffine, het vuur dat brandde en de lucht die maakte dat het vuur kon branden. De kaars was ook belangrijk om eraan te herinneren dat er een missie was die vervuld moest worden, en dat Brida bij die missie betrokken was. Enkel en alleen de kaars hoorde zichtbaar te blijven – de rest moest aan het oog onttrokken zijn, in een kast of een la; sinds de Middeleeuwen eiste de Traditie van de Maan dat heksen bij hun bezigheden de hoogst mogelijke geheimhouding betrachtten – verscheidene profetieën waarschuwden dat de Duisternis aan het eind van het millennium zou terugkeren.

Steeds als Brida thuiskwam en ze naar de vlam van de kaars keek, voelde ze een vreemde, bijna heilige verantwoordelijkheid.

Wicca droeg haar op altijd aandacht te besteden aan het ruisen van de wereld. 'Waar je ook bent, je kunt altijd het ruisen van de wereld horen,' zei de heks. 'Het is een geluid dat nooit ophoudt, dat aanwezig is in de bergen, in de stad, in de lucht en op de bodem van de zee. Dit ruisen – dat op vibreren lijkt – is de Ziel van de Wereld die op haar weg naar het licht bezig is zich te veranderen. De heks moet alert zijn op dit ruisen, want ze heeft zelf een belangrijke rol in die verandering.'

Wicca vertelde ook dat de Ouden met onze wereld spraken door middel van symbolen. Ook al luisterde er niemand, ook al was de taal van de symbolen door vrijwel iedereen vergeten, de Ouden hielden nooit op met spreken.

'Zijn zij wezens zoals wij?' vroeg Brida op zekere dag.

'Wij zijn zij. Plotseling begrijpen we alles wat we in onze voorbije levens ontdekt hebben, en alles wat de grote wijzen in het Universum in geschriften achtergelaten hebben. Jezus zei: "Het is met het koninkrijk Gods als met een mens die zaad uitstrooit op de aarde: hij slaapt en staat weer op, dag in dag uit, terwijl het zaad ontkiemt en opschiet, ook al weet hij niet hoe."

De mensheid drinkt altijd uit deze onuitputtelijke bron – en wanneer iedereen zegt dat de mensen verloren zijn, vinden ze toch nog een manier om te overleven. Ze hebben overleefd toen de apen hen uit de bomen verdreven, toen het water de aarde bedekte. En ze zullen overleven wanneer iedereen bezig is zich voor te bereiden op de catastrofe die aan alles een einde zal maken.

We zijn verantwoordelijk voor het Universum, omdat wij zelf het Universum zijn.'

Hoe meer Brida met Wicca omging, hoe meer haar opviel hoe mooi ze was.

Wicca ging door met haar de Traditie van de Maan bij te brengen. Ze droeg haar op een dolk te maken voorzien van een tweezijdig geslepen lemmet, dat een onregelmatige vorm moest hebben als van een vlam. Brida zocht in verscheidene winkels, maar vond niets wat erop leek. Lorens loste het probleem op door op de universiteit aan een metallurgisch chemicus te vragen om zo'n lemmet te vervaardigen. Daarna sneed hij zelf uit een stuk hout een heft, en gaf haar de dolk cadeau. Het was zijn manier om te zeggen dat hij Brida's zoektocht respecteerde.

De dolk werd door Wicca gewijd tijdens een ingewikkeld ritueel dat bestond uit magische woorden, tekeningen met houtskool op het lemmet, en een paar klappen met een houten lepel. De dolk moest ze gebruiken als een verlengstuk van haar arm en dan moest ze alle energie van haar lichaam in het lemmet concentreren. Daarom hadden de feeën een toverstok en de magiërs een zwaard.

Toen Brida haar verbazing toonde over de houtskool en de houten lepel, zei Wicca dat in de tijd van de heksenjacht de heksen gedwongen waren materiaal te gebruiken dat men kon aanzien voor voorwerpen uit het gewone, dagelijkse leven. Deze traditie bleef in het geval van het lemmet, de houtskool en de houten lepel in de loop van de tijd gehandhaafd. Welk materiaal de Ouden oorspronkelijk hadden gebruikt, was volledig verloren gegaan.

Brida leerde wierook branden en de dolk te gebruiken voor de magische cirkel. Er was een ritueel dat ze verplicht was te doen, telkens als de maan van fase veranderde; ze ging naar het raam met een schaal vol water en liet de maan zich daarin spiegelen. Daarna richtte ze het zo in dat haar gezicht zich in het water weerspiegelde en wel zo dat het beeld van de maan precies in het midden van haar voorhoofd kwam te liggen. Wanneer ze volledig geconcentreerd was, raakte ze het watervlak aan met haar dolk waardoor zij en de maan uiteenvielen in verschillende reflecties.

Het water moest onmiddellijk gedronken worden en dan zou de macht van de maan in haar groeien.

'Het is allemaal nonsens,' merkte Brida eens op. Wicca hechtte er geen belang aan – ooit had zij hetzelfde gedacht. Maar ze herinnerde zich opnieuw de woorden van Jezus over dingen die in ieder van ons groeien zonder dat we weten hoe.

'Het doet er niet toe of het nonsens is of niet,' zei ze. 'Denk aan de Donkere Nacht. Hoe vaker je dit doet, hoe vaker de Ouden met je spreken. Eerst is het, op een manier die je niet kunt begrijpen, alleen maar je ziel die luistert. En dan zullen op een mooie dag de stemmen opnieuw gewekt worden.

Brida wilde niet alleen maar stemmen wakker maken – ze wilde haar Andere Deel leren kennen. Maar zulke onderwerpen besprak ze met Wicca niet.

Het was haar verboden opnieuw naar het verleden terug te keren. Wicca zei dat dit zelden nodig was.

'Ook moet je geen kaarten gebruiken om de toekomst te zien. De kaarten dienen alleen maar voor de woordloze groei, die binnendringt zonder dat hij wordt opgemerkt.'

Brida moest drie keer per week de tarot openleggen en dan een tijdje naar de uitgelegde kaarten kijken. Ze had lang niet altijd visioenen – en wanneer het wel gebeurde, waren het meestal onbegrijpelijke taferelen. Wanneer ze klaagde over de visioenen, zei Wicca dat deze taferelen zo'n diepe betekenis hadden dat zij nog niet in staat was die te vatten.

'Waarom mag ik niet de toekomst lezen?'

'Alleen het heden heeft macht over ons leven,' antwoordde Wicca, 'als je de toekomst in een spel kaarten leest, haal je de toekomst naar het heden. En dat kan ernstige schade veroorzaken: het heden kan je toekomst in de war brengen.'

Eén keer per week gingen ze naar het bos en de heks leerde haar leerling het geheim van de kruiden. Voor Wicca was in alles in deze wereld Gods hand te herkennen – vooral in de planten. Bepaalde blaadjes leken op een hart en waren goed voor hartziekten, terwijl bloemen die qua vorm op ogen leken, oogziekten genazen. Brida begon te zien dat vele kruiden inderdaad een grote gelijkenis vertoonden met menselijke organen – en in een compendium over volksgeneeskunst dat Lorens uit de universiteitsbibliotheek haalde, vond ze onderzoeken die aangaven dat de traditie van plattelandsbewoners en heksen wellicht klopte.

'God heeft de wouden tot Zijn apotheek gemaakt,' zei Wicca, op een dag toen ze met zijn tweetjes onder een boom zaten uit te rusten, 'zodat alle mensen gezond kunnen zijn.'

Brida wist dat haar meester andere leerlingen had, maar het was moeilijk om daarachter te komen – de hond blafte altijd op het juiste tijdstip. Toch was ze al ooit op de trap een mevrouw tegengekomen, een meisje van nagenoeg haar leeftijd en ook een man in kostuum. Brida bleef heel onopvallend staan luisteren naar waar hun voetstappen heen gingen. De oude vloerplanken verraadden hun bestemming: Wicca's appartement.

Op zekere dag waagde Brida het om naar de andere leerlingen te vragen.

'De kracht van de hekserij schuilt in het collectieve,' antwoordde Wicca, 'het zijn de verschillende Gaven die de energie van ons werk steeds in beweging houden. Ieder is afhankelijk van de ander.'

Wicca vertelde dat er negen Gaven bestonden, en dat zowel de Traditie van de Zon als de Traditie van de Maan zorgde dat die Gaven de eeuwen zouden doorstaan.

'Welke Gaven zijn het dan?'

Wicca antwoordde dat ze lui was, steeds alles vroeg, en dat een ware heks iemand was die geïnteresseerd was in alle spirituele wegen die er op de wereld bestonden. Ze droeg Brida op vaker de Bijbel te lezen ('waarin je alle echte occulte wijsheid kunt vinden') en naar die Gaven te zoeken in de eerste brief van Paulus aan de Korinthiërs.

Brida zocht het op en ontdekte welke de negen Gaven waren: de Gave van wijsheid, de Gave van kennis, een groot geloof, de Gave om zieken te genezen, de kracht om wonderen te doen, het vermogen om te profeteren, te spreken met geesten, in klanktaal te spreken en om uitleg daarvan te geven.

Toen pas begreep ze welke Gave ze zocht: het spreken met geesten.

Wicca leerde Brida dansen. Ze zei dat ze haar lichaam moest bewegen in harmonie met het ruisen van de wereld, de trilling die altijd aanwezig is. Er was geen bijzondere techniek – iedere beweging, welke er maar in haar hoofd opkwam, volstond. Toch duurde het even voor Brida eraan gewend was te bewegen en te dansen zonder dat ze een vaststaand patroon volgde.

'De Magiër van Folk heeft je onderwezen over de Donkere Nacht. In de twee Tradities – welke er eigenlijk maar één zijn – is de Donkere Nacht de enige manier om te groeien. Wanneer we ons onderdompelen in de weg van de magie, is het eerste wat we doen ons overgeven aan een hogere macht. We komen tegenover dingen te staan die we nooit begrijpen kunnen.

Niets zal het patroon volgen waaraan we gewend zijn. We zullen dingen slechts met ons hart begrijpen, en dat kan ons enigszins bang maken. De tocht zal lange tijd een Donkere Nacht lijken. Al ons zoeken is een daad van geloof.

Maar God, die moeilijker te begrijpen is dan de Donkere Nacht, waardeert onze daad van geloof. Hij neemt ons bij de hand en leidt ons door het Mysterie.'

Wicca sprak over de Magiër zonder wrok of gekwetstheid. Brida had zich vergist, Wicca had nooit een verhouding met hem gehad; het stond in haar ogen geschreven. Misschien kwam die vroegere irritatie voort uit het gegeven dat hun wegen verschilden. Heksen en magiërs waren ijdel, en de een wilde de ander bewijzen dat zijn weg de betere was.

Ineens besefte ze wat ze gedacht had.

Wicca was niet verliefd op de Magiër, en dat zag ze aan haar ogen.

Ze had films over dat thema gezien, boeken gelezen. De hele wereld kon aan iemands ogen zien of hij verliefd was.

Ik kan eenvoudige dingen pas begrijpen als ik me met ingewikkelde heb beziggehouden. Misschien zou ze op een dag de Traditie van de Zon kunnen volgen.

De herfst was al halverwege, de kou begon zo langzamerhand ondraaglijk te worden, toen Brida een telefoontje van Wicca kreeg.

'We treffen elkaar in het woud. Over twee dagen, als het nieuwe maan is, kort voor het donker,' was het enige wat ze zei.

Brida dacht twee dagen lang aan de bijeenkomst. Als altijd voerde ze de rituelen uit, en danste ze op het ruisen van de wereld. Was het maar een liedje, dacht ze steeds als ze moest dansen. Maar ze was er al bijna aan gewend haar lichaam te bewegen op die vreemde trilling, die ze beter waarnam als het nacht was – of als ze op een stille plek was, bijvoorbeeld in een kerk. Wicca had gezegd dat door op de muziek van de wereld te dansen de ziel zich beter aan het lichaam went en dat ook de spanningen verminderen. Het begon Brida op te vallen hoe mensen over straat gingen: dat ze niet wisten waar ze hun handen moesten laten en dat ze hun heupen of schouders niet bewogen. Ze kreeg zin om hun bij te brengen dat de wereld muziek voortbracht, en dat ze zich veel beter zouden gaan voelen als ze hun lichaam, al was het maar een paar minuten per dag, zonder enig vast patroon lieten bewegen, als ze een beetje op die muziek dansten.

Maar die dans hoorde bij de Traditie van de Maan, en alleen de heksen wisten ervan. Binnen de Traditie van de Zon zou er vast ook wel zoiets bestaan. Er bestond altijd iets soortgelijks binnen de Traditie van de Zon, hoewel er niemand was die aan de hand van die Traditie leren wilde.

'We hebben verleerd om met de geheimen van de wereld

samen te leven,' zei ze tegen Lorens, 'en toch zijn ze er en bevinden ze zich recht voor ons. Ik wil een heks worden, om ze te kunnen zien.'

Op de afgesproken dag begaf Brida zich naar het bos. Ze liep tussen de bomen door, voelde de magische aanwezigheid van de natuurgeesten. Zeshonderd jaar geleden was dit bos een heilige plaats van de druïden geweest – tot Sint Patrick de slangen uit Ierland verdreef en de geleerde druïden verdwenen. Desalniettemin werd het respect voor de plaats van generatie op generatie doorgegeven, en werd het oord nog steeds door de inwoners van het naburige dorp gerespecteerd en gevreesd.

Ze trof Wicca, die haar gewaad droeg, op de open plek in het bos. Bij haar waren vier anderen – allemaal in normale kleren, en allemaal vrouwen. Op de plek waar ze de voorgaande keer as had zien liggen, brandde een vuur. Brida keek naar het vuur en voelde een onverklaarbare angst – ze wist niet of het was vanwege het deel van Loni, dat ze in zich droeg, of dat het vuur ook een ervaring was uit eerdere reincarnaties.

Er arriveerden nog andere vrouwen. Ze waren van haar eigen leeftijd maar ook waren er die ouder waren dan Wicca. Ze waren in totaal met negen vrouwen.

'Voor vandaag heb ik de mannen niet uitgenodigd. Laten we wachten op het rijk van de Maan.'

Het rijk van de Maan was de nacht.

Ze bleven rond het vuur staan en praatten over ditjes en datjes. Brida kreeg het gevoel dat ze zich op een theekransje bevond – alleen de omgeving verschilde.

Maar toen de sterren aan de hemel verschenen, veranderde de sfeer. Er was geen enkele aanwijzing van Wicca's kant nodig; langzamerhand stopten de gesprekken en Brida vroeg zich af of de anderen nu pas het vuur en het woud opmerkten.

Na een stilte begon Wicca te spreken.

'Eénmaal per jaar, in deze nacht, komen overal ter wereld de vrouwelijke heksen samen om te bidden en om hun voorgangsters te eren. Zo schrijft de Traditie het voor: tijdens de tiende maan van het jaar moeten we ons verzamelen rond een vuur, het vuur dat het leven en de dood van onze vervolgde zusters is geweest.'

Brida haalde uit haar gewaad een houten lepel tevoorschijn.

'Dit hier is het symbool,' zei ze en ze hield de lepel zo dat iedereen hem kon zien.

De vrouwen gaven elkaar een hand. Ze staken hun handen de hoogte in en ze luisterden naar Wicca's gebed.

'Moge de zegen van de Maagd Maria en haar zoon Jezus deze nacht op onze hoofden neerdalen. In ons lichaam slaapt het Andere Deel van onze voorouders; moge de Maagd Maria ons zegenen.

Moge zij ons zegenen omdat we vrouwen zijn. Vandaag de dag leven we in een wereld waarin de mannen van ons houden en ons steeds beter begrijpen. Toch dragen we nog steeds de merktekens van onze eerdere levens in ons mee, en die merktekens doen nog steeds pijn.

Moge de Maagd Maria ons verlossen van deze merktekens en ons voor altijd bevrijden van ons schuldgevoel. We voelen ons schuldig telkens als we de deur uit gaan en onze kinderen alleen laten om voor hen de kost te verdienen. We voelen ons schuldig als we thuisblijven, want dan lijkt het of we de vrijheid die de wereld ons biedt, niet benutten. We voelen ons schuldig aan alles, en we kunnen niet schuldig zijn, omdat we altijd ver van macht en besluitvorming verwijderd zijn geweest.

Moge de Maagd Maria ons er steeds aan herinneren dat

wij vrouwen bij Jezus zijn gebleven op het moment dat de mannen de benen namen en hun geloof hebben geloochend. Dat wij vrouwen hebben gehuild toen Hij het kruis droeg, dat wij aan zijn voeten hebben gestaan in het uur van zijn dood, dat wij het lege graf hebben bezocht. Dat wij geen schuld kunnen hebben.

Moge de Maagd Maria ons er steeds aan herinneren dat we werden verbrand en vervolgd omdat we de Godsdienst van de Liefde hebben verkondigd. Terwijl de mensen de tijd poogden stil te zetten met de kracht van hun zonden, zijn wij samengekomen op feesten die verboden waren, om te vieren wat er nog aan moois op de wereld bestond. Daarom werden we veroordeeld en op de pleinen verbrand.

Moge de Maagd Maria ons er altijd aan herinneren dat, terwijl de mannen in het openbaar gevonnist werden wegens conflicten over grond, wij, vrouwen, in het openbaar veroordeeld werden wegens overspel.

Moge de Maagd Maria ons eraan herinneren dat onze voorgangsters zich als mannen moesten kleden – bijvoorbeeld Jeanne d'Arc – om het woord van de Heer te vervullen. En dat we toch op de brandstapel gestorven zijn.'

Wicca pakte de houten lepel met twee handen vast en strekte haar armen naar voren.

'Hier is het symbool van het martelaarschap van onze voorgangsters. Moge de vlam, die ooit hun lichamen verslond, onze zielen brandende houden. Want zij zijn in ons. Want wij zijn zij.'

En ze gooide de houten lepel in het vuur.

Brida ging door met de rituelen uit te voeren die Wicca haar had geleerd. Ze hield de kaars altijd brandend, danste op het ruisen van de wereld. Ze noteerde in haar *Boek der schaduwen* de ontmoetingen die ze met de heks had, en ze bezocht het heilige woud twee keer per week. Tot haar verbazing merkte ze dat ze al een beetje verstand had van kruiden en planten.

Maar de stemmen die Wicca wilde opwekken, kwamen maar niet.

Evenmin lukte het Brida de lichtende stip te zien.

Misschien heb ik mijn Andere Deel nog niet ontmoet, dacht ze een beetje bang. Zo was immers je lot als je de Traditie van de Maan kende: je vergissen wat de man van je leven betrof was onmogelijk. Het betekende dat ze, als ze eenmaal een echte heks was, over de liefde niet langer de illusies zou hebben zoals de andere mensen wél hadden. Het betekende ongetwijfeld minder verdriet – misschien zelfs helemaal geen verdriet, omdat ze van alles veel intenser kon houden; in het leven van iedereen was het Andere Deel een goddelijke opdracht. Ook al zou ze op een dag moeten vertrekken, de liefde voor het Andere Deel werd – zo leerden de Tradities – bekroond met glorie, begrip en een zuiverend verlangen.

Maar het betekende ook dat ze, vanaf het moment dat ze de lichtende stip zou kunnen zien, niet langer de bekoringen zou hebben van de Donkere Nacht van de Liefde. Brida dacht aan de vele keren dat ze gekweld werd door hartstocht, aan de slapeloze nachten van wachten op iemand die maar niet belde, aan de romantische weekends die niet bestand bleken tegen de week die erop volgde, aan de feesten met in alle richtingen zoekende, verlangende blikken, aan het heerlijke gevoel van een verovering alleen maar om te bewijzen dat het kon, aan het ellendig eenzame gevoel als ze er zeker van was dat het vriendje van een vriendin de enige man op de wereld was die haar gelukkig kon maken. Dat alles hoorde bij haar wereld – en bij de wereld van iedereen die ze kende. Zo was de liefde, en op die manier zochten de mensen vanaf het begin der tijden hun Andere Deel – door elkaar aan te kijken en te proberen in elkaars ogen glans en verlangen te ontdekken. Nooit had ze aan zulke dingen waarde gehecht – integendeel, ze vond dat het geen zin had om om iemand te lijden, geen zin had om te sterven van angst dat je die ander, met wie je het leven delen wilde, niet vond. Nu ze zich in één klap van die angst kon bevrijden, was ze er ineens niet meer zeker van of ze dat wilde.

Wil ik die lichtende stip eigenlijk wel zien, zo vroeg ze zich af.

Ze dacht aan de Magiër. En ze realiseerde zich dat hij gelijk had, en dat de Traditie van de Zon de enig juiste manier was om met de Liefde om te gaan.

Maar ze mocht nu niet van idee veranderen; ze kende een weg en moest die tot het einde toe volgen. Ze wist dat als ze zou opgeven, het steeds moeilijker zou worden om in haar leven überhaupt tot een keuze te komen.

Op een middag, na een lange les over de rituelen die door de oude heksen waren gebruikt om regen te maken – en die Brida, ook al zou ze die nooit gebruiken, in haar *Boek der schaduwen* moest opschrijven –, vroeg Wicca aan Brida of zij alle kleren die ze had ook echt droeg.

'Nee, natuurlijk niet,' was haar antwoord.

'Dan moet je vanaf deze week alles wat je in de kast hebt hangen, gaan dragen.'

Brida dacht dat ze het niet goed had verstaan.

'Alles wat onze energie bevat moet altijd in beweging zijn,' zei Wicca, 'de kleren die je hebt gekocht, maken deel uit van jou, en ze verwijzen naar bijzondere momenten. Momenten waarop je van huis wegging en zin had om jezelf een cadeautje te geven, omdat je tevreden over je leven was. Momenten waarop iemand jou pijn had gedaan en je behoefte had aan een pleister op de wonde. Momenten waarop je vond dat je je leven veranderen moest.

Kleding zet steeds emotie om in materie. Het is een van de bruggen tussen het zichtbare en het onzichtbare. Er zijn bovendien kleren die in staat zijn kwaad te doen, omdat ze gemaakt werden voor andere mensen en bij jou terecht zijn gekomen.'

Brida begreep waar Wicca op doelde. Er waren dingen die ze niet dragen kón; steeds als ze die aanhad, ging er iets mis.

'Ontdoe je van die kleren die niet voor jou zijn gemaakt,' drong Wicca aan, 'en draag de andere. Het is belangrijk om de aarde altijd draaiend te houden, de golven altijd schuimend en de emotie steeds in beweging. Het hele Universum beweegt; we kunnen niet stil blijven staan.'

Thuisgekomen legde Brida alles wat ze in de kast had op haar bed. Ze keek naar ieder kledingstuk – er waren veel kleren waarvan ze zich het bestaan niet eens meer herinnerde; andere herinnerden haar aan gelukkige ogenblikken uit het verleden, maar waren al uit de mode. Brida bewaarde ze toch, omdat die kleren iets magisch leken te hebben – als ze zich daarvan zou ontdoen, ontdeed ze zich misschien ook van de mooie dingen die ze beleefd had toen ze die droeg.

Ze keek naar de kleren waarvan ze geloofde dat ze 'slechte vibraties' bezaten. Ze had steeds de hoop gehouden dat die vibraties op een dag in hun tegendeel zouden veranderen, en dat ze die kleren dan weer zou kunnen dragen – maar als ze weer eens besloot om de proef op de som te nemen, liep het opnieuw uit op problemen.

Ze merkte dat haar relatie met kleren ingewikkelder was dan ze had gedacht. Toch was het moeilijk te accepteren dat

Wicca zich in iets wilde mengen wat tot het intiemste en persoonlijkste in haar leven behoorde: haar manier van kleden. Bepaalde kleren moesten bewaard worden voor speciale gelegenheden, en alleen zijzelf kon uitmaken wanneer ze die dragen zou. Andere waren niet geschikt om naar het werk aan te doen, en zeker niet om in het weekend in uit te gaan. Waarom moest Wicca zich hierin mengen? Nooit eerder had ze een opdracht van Wicca bekritiseerd, ze deed niet anders dan dansen en kaarsen aansteken, stak dolken in water en leerde dingen die ze nooit zou gebruiken. Ze kon dat allemaal aanvaarden – het hoorde bij een Traditie, een Traditie die ze niet begreep maar die misschien tot een haar onbekend deel van haarzelf sprak. Maar nu Wicca zich met haar kleren bemoeide, bemoeide ze zich ook met haar manier van in de wereld zijn.

Misschien was Wicca over de grenzen van haar macht heen gegaan. Misschien ging ze met haar bemoeienissen over de schreef.

'Wat buiten is, valt moeilijker te veranderen dan wat binnen is.'

Iemand had iets gezegd. Instinctief keek Brida om zich heen, geschrokken. Maar ze wist dat ze niemand zou zien.

Het was de Stem.

De Stem die Wicca wilde opwekken.

Ze bedwong haar opwinding en haar angst. Ze bleef rustig en wachtte of ze nog iets zou horen – maar alles wat ze hoorde was het rumoer van de straat, het geluid van de tv in de verte en het alom aanwezige ruisen van de wereld. Ze probeerde dezelfde houding aan te nemen als eerst, aan dezelfde dingen te denken als eerst. Alles was zo snel gegaan dat ze niet eens was geschrokken – of iets van verbazing of trots had gevoeld.

Maar de Stem had iets gezegd. Zelfs al zou de hele wereld haar bewijzen dat het een product van haar fantasie was, zelfs al zou de heksenjacht plotseling weer opleven en zou ze hiervoor voor de rechtbank gesleept worden en op de brandstapel moeten sterven, ze was er volstrekt en absoluut zeker van dat ze een stem had gehoord die niet de hare was.

'Wat buiten is, valt moeilijker te veranderen dan wat binnen is.' Het had wel iets indrukwekkenders mogen zijn. Het was tenslotte de eerste keer tijdens deze reïncarnatie dat ze haar hoorde. Maar ineens werd Brida overweldigd door een immense vreugde. Ze kreeg zin om Lorens te bellen, de Magiër op te zoeken, Wicca te vertellen dat haar Gave zich had gemanifesteerd, en dat ze nu deel uit kon maken van de Traditie van de Maan. Ze begon te ijsberen, rookte een paar sigaretten. Pas een halfuur later was ze voldoende gekalmeerd om weer op haar bed te kunnen gaan zitten, waar het een warboel was van kleren.

De Stem had gelijk. Brida had haar ziel overgeleverd aan een vreemde vrouw, en – hoe absurd het ook mocht lijken – het was makkelijker je ziel in te leveren dan je eigen stijl van kleden.

Nu pas begreep ze hoezeer die oefeningen, die ogenschijnlijk zinloze oefeningen, ingrepen in haar leven. Nu pas, nu ze aan de buitenkant veranderde, drong het tot haar door hoezeer ze van binnen veranderd was.

Toen ze elkaar weer troffen, wilde Wicca alles weten over de Stem – alles stond uitvoerig beschreven in het *Boek der schaduwen*, en Wicca was tevreden.

'Van wie is de Stem?' vroeg Brida.

Maar Wicca vond dat wat zijzelf te zeggen had belangrijker was dan de eeuwige vragen van het meisje beantwoorden.

'Wat ik je tot nu toe heb laten zien is hoe je terugkomt op de weg die je ziel al gedurende verscheidene reïncarnaties volgt. Ik heb die kennis opgewekt door rechtstreeks met haar – met je ziel – te praten, door de symbolen en rituelen van onze voorgangers te gebruiken. Jij protesteerde, maar je ziel was blij omdat ze haar missie heeft weergevonden. Terwijl jij de oefeningen maar irritant vond en het dansen maar saai, terwijl jij je mateloos verveelde tijdens de rituelen, dronk jouw occulte kant weer van de wijsheid van de Tijd, en herinnerde ze zich wat ze ooit had geleerd. Het zaad groeide zonder dat je wist hoe. Maar nu is het moment daar om nieuwe dingen te gaan leren. Dat moment wordt Initiatie of Inwijding genoemd, want in de dingen die je moet leren in dit leven, daarin ligt je werkelijke begin. De Stem geeft aan dat je zover bent.

In de Traditie van de heksen wordt de Inwijding uitgevoerd op de equinoxen, de twee dagen in het jaar waarop de dag en de nacht precies even lang zijn. De eerstvolgende equinox is de lente-equinox, op eenentwintig maart. Ik zou het fijn vinden als dat de dag van jouw Inwijding zou zijn, want mijn Inwijding is ook op de lente-equinox geweest. Je weet al hoe je je instrumenten hanteren moet, en je kent de rituelen die nodig zijn om de brug tussen het zichtbare en het onzichtbare altijd open te houden. Je ziel gaat door met zich de lessen uit de voorbije levens te herinneren – steeds als je een ritueel uitvoert dat je al kent.

Toen je de Stem hoorde, bracht je iets wat al in de onzichtbare wereld gebeurde over naar de zichtbare wereld. Oftewel, je begreep dat je ziel klaar was voor de volgende stap. Het eerste grote doel was bereikt.'

Brida herinnerde zich dat ze voorheen ook de lichtende stip wilde zien. Maar sinds ze over de zoektocht naar de liefde was begonnen na te denken, was het iets wat met de week minder belangrijk werd.

'Het enige wat nog ontbreekt is een proef die je moet afleggen, waardoor je voor de Lente-inwijding toegelaten kunt worden. En maak je geen zorgen als het je nu niet lukt – er volgen nog vele equinoxen en op een dag is het zover dat je ingewijd wordt. Tot nu toe heb je je beziggehouden met je mannelijke kant: kennis. Je weet, en je begrijpt wat je weet, maar je hebt nog geen contact gemaakt met de grote, vrouwelijke kracht, een van de fundamentele krachten van verandering. En kennis zonder verandering is geen wijsheid.

Deze kracht is steeds het excuus geweest om vrouwen te vervloeken, en heksen in het bijzonder. Alle mensen op aarde kennen die kracht. Allemaal weten ze dat wij, vrouwen, de grote bewaarders van haar geheimen zijn. Om deze kracht werden we veroordeeld tot rondzwerven in een gevaarlijke, vijandige wereld, want wij waren het die haar wakker maakten, en er bestonden plaatsen waar ze verafschuwd werd. Zogauw je met deze kracht in contact komt, zelfs al weet je dat niet, ben je voor de rest van je leven aan haar verbonden. Je kunt over haar heersen of haar slaaf zijn, je kunt haar veranderen in een magische kracht, of haar de rest van je leven benutten zonder je ooit van haar immense kracht bewust te zijn. Deze kracht bevindt zich in alles wat ons omringt, ze bevindt zich in de zichtbare wereld van de mensen en in de onzichtbare wereld van de mystici. Ze kan mishandeld worden, vernederd, verborgen, of zelfs ontkend. Ze kan jaren een slapend bestaan leiden, ergens vergeten in een hoekje liggen. De mensheid kan haar op velerlei manieren behandelen, maar op één manier niet: als je haar eenmaal kent is vergeten onmogelijk.'

'Welke kracht is dat dan?'

'Je moet me niet voortdurend van die domme vragen stellen,' antwoordde Wicca, 'want ik weet dat jij weet welke kracht dat is.'

Brida wist het.

Seks.

Wicca opende een van de smetteloos witte gordijnen en toonde het landschap. Het raam zag uit op de rivier, op oude gebouwen en op de bergen aan de horizon. Op een van die bergen leefde de Magiër.

'Wat is dat?' vroeg Wicca, en ze wees naar de torenspits van een kerk.

'Een kruis. Het symbool van het christendom.'

'Een Romein zou een gebouw met een dergelijk kruis nooit binnengaan. Hij zou denken dat het een huis is waar gemarteld wordt – want het kruis staat symbool voor een van de verschrikkelijkste martelwerktuigen die de mens heeft uitgevonden.

Het kruis is hetzelfde gebleven maar de betekenis ervan is veranderd. Op dezelfde manier stond seks in de tijd dat de mensen dicht bij God waren, voor de symbolische vereniging met de goddelijke eenheid. Seks stond voor het weerzien met de zin van het leven.'

'Waarom is het dan zo dat mensen die God zoeken, zich over het algemeen afwenden van seks?'

Wicca ergerde zich aan de onderbreking. Maar ze besloot een antwoord te geven.

'Wanneer ik het heb over seks, heb ik het niet alleen maar

over de geslachtsdaad. Sommige mensen gebruiken deze kracht zonder haar daadwerkelijk te praktiseren. Het hangt af van de weg die je kiest.'

'Ik ken deze kracht,' zei Brida, 'ik weet hoe ik die moet gebruiken.'

Wicca wilde terug naar het onderwerp.

'Misschien weet je in bed met seks om te gaan. Dat betekent niet dat je de kracht kent. Zowel mannen als vrouwen zijn volstrekt gevoelig voor de seksuele kracht, omdat daarbinnen genot en angst even belangrijk zijn.'

'En waarom gaan genot en angst dan hand in hand?'

Eindelijk had het meisje iets gevraagd wat de moeite van een antwoord waard was.

'Omdat je weet dat als je met seks te maken hebt, deze kracht pas haar volle intensiteit bereikt als je de controle verliest. Als we met iemand naar bed gaan, geven we de ander toestemming niet alleen met ons lichaam één te worden, maar met onze hele persoonlijkheid. Dan zijn het de zuivere krachten van het leven die met elkaar communiceren, onafhankelijk van ons – op zo'n moment kunnen we niet verbergen wie we zijn.

Het beeld dat we van onszelf hebben is niet belangrijk. Het hele spel van je anders voordoen, van het gevatte antwoord en de eervolle aftocht, dat is allemaal niet belangrijk. Bij seks is het moeilijk de ander voor de gek te houden – want iedereen laat zich zien zoals hij werkelijk is.'

Wicca sprak als iemand die deze kracht goed kende. Haar ogen schitterden en haar stem klonk trots. Misschien was het deze kracht die haar nog steeds zo aantrekkelijk maakte. Het was goed om van haar te leren: op een dag zou ze ontdekken wat het geheim was van de charme die ze uitstraalde.

'Wil de Inwijding kunnen plaatsvinden, dan moet je deze kracht ontdekken. Wat het seksuele leven van de heksen aangaat, dat hoort tot de Grote Mysteriën, je zult het na de ceremonie ervaren.'

'Maar hoe moet ik haar ontdekken?'

'Het is een eenvoudige formule, maar zoals met alle dingen die eenvoudig zijn, is dit veel moeilijker uitvoerbaar dan alle ingewikkelde rituelen die ik je tot nu toe onderwezen heb.'

Wicca ging vlak voor Brida staan, pakte haar bij haar schouders en keek haar diep in haar ogen.

'Dit is de formule: gebruik de hele tijd je vijf zintuigen. Als ze samenkomen in het moment van het orgasme, zul je tot de Inwijding worden toegelaten.'

‘Ik kwam mijn excuses aanbieden,’ zei het meisje.

Ze waren op dezelfde plek als waar ze elkaar de eerste keer hadden ontmoet, bij de stenen aan de rechterkant van de berg, vanwaar ze uitkeken over de uitgestrekte vallei.

‘Soms denk ik het ene maar doe ik het andere,’ ging ze verder, ‘maar als je ooit de liefde hebt meegemaakt, weet je hoe zwaar je daaronder kunt lijden.’

‘Ja, ik weet het,’ antwoordde de Magiër. Het was voor het eerst dat hij iets privés vertelde.

‘Je had gelijk wat die lichtende stip aangaat. De jeu gaat op die manier een beetje van het leven af. Ik heb ontdekt dat het zoeken even interessant kan zijn als het vinden.’

‘Als je maar je angst overwint.’

‘Ja, dat is zo.’

En Brida was blij om te horen dat hij, ondanks alles wat hij wist, ook nog steeds angst voelde.

Ze wandelden de hele middag door het besneeuwde woud. Ze praatten over planten, over het landschap, en over hoe de spinnen in die streek hun webben spanden. Ze kwamen een herder tegen die zijn kudde schapen terugleidde.

‘Hoi, Santiago!’ groette de Magiër de herder. Daarna wendde hij zich tot haar: ‘God heeft een zwak voor herders. Het zijn mensen die gewend zijn aan de natuur, aan stilte, aan geduldig zijn. Ze bezitten alle deugden die nodig zijn om één te zijn met het Universum.’

Tot dan toe hadden ze dit soort onderwerpen niet aangeroerd, en Brida wilde niets overhaasten. Ze praatte verder over haar leven en over wat er in de wereld gebeurde. Haar zesde zintuig waarschuwde haar de naam Lorens te vermijden – ze wist niet wat er aan de hand was, ze wist niet waarom de Magiër haar zo veel aandacht gaf, maar ze wilde dit vlammetje brandend houden. Een excuus om vrouwen te vervloeken, zo had Wicca gezegd. Ze had een doel en hij was de enige die haar kon helpen dat te bereiken.

Ze passeerden een paar lammeren, die een sierlijk spoor achterlieten in de sneeuw. Er was ditmaal geen herder, maar de lammeren schenen te weten waar ze naartoe gingen en wat ze vinden wilden. De Magiër bleef een hele poos peinzend naar de dieren staan kijken, alsof hij zich tegenover een of ander groot geheim van de Traditie van de Zon bevond, dat Brida onmogelijk bevatten kon.

Zoals het daglicht langzaam afnam, zo nam ook langzaam het gevoel van angst en ontzag af dat zich bij iedere ontmoeting met die man van haar meester maakte; voor het eerst voelde ze zich aan zijn zijde rustig en vol vertrouwen. Misschien omdat ze niet langer hoefde te bewijzen dat ze een Gave had – ze had de Stem al gehoord, en haar intrede in de wereld van die mannen en vrouwen was slechts een kwestie van tijd. Ook zij hoorde nu tot de weg der mysteriën, en sinds het moment waarop zij de Stem had gehoord, maakte de man naast haar deel uit van haar Universum.

Ze had de neiging zijn handen te pakken, hem te vragen om haar iets van de Traditie van de Zon te laten zien, op dezelfde manier als waarop ze gewoon was Lorens te vragen om haar over de oude sterren te vertellen. Het was een manier om te zeggen dat ze hetzelfde zagen – maar vanuit een ander perspectief.

Iets zei haar dat hij hier behoefte aan had, en het was niet de mysterieuze Stem van de Traditie van de Maan, maar de onrustige en soms dwaze stem van haar hart. Een stem waar ze niet vaak naar pleegde te luisteren, vooral omdat die haar altijd over wegen leidde die ze niet begreep.

Maar de emoties waren wilde paarden en wilden gehoord

worden. Brida liet ze een tijd de vrije teugel tot ze moe waren. De emoties vertelden hoe fijn die middag zou zijn als ze verliefd op hem zou zijn. Want als ze verliefd werd, zou ze alles kunnen leren, dingen ervaren waar ze niet eens aan durfde denken, immers de liefde was de sleutel tot het begrip van alle mysteriën.

Ze stelde zich verschillende liefdesscènes voor, tot ze opnieuw de teugels van haar emoties aanhaalde. Toen hield ze zichzelf voor dat ze nooit van een man als hij zou kunnen houden. Omdat hij het Universum begreep en omdat menselijke gevoelens, vanaf een afstand gezien, heel klein worden.

Ze kwamen bij de ruïne van een oude kerk. Her en der lagen bouwstenen, op hopen, de Magiër ging op een ervan zitten; Brida veegde de sneeuw van een vensterbank.

'Het moet heerlijk zijn om hier te leven, de dag in het woud door te brengen, en 's nachts in een warm huis te slapen,' zei ze.

'Ja, het is heerlijk. Ik ken het gezang van de vogels, kan Gods tekenen lezen, ik heb de Traditie van de Zon en de Traditie van de Maan geleerd.'

Maar ik ben wel alleen, wilde hij zeggen. En je schiet er niets mee op het Universum te begrijpen als je alleen bent.

Daar, voor zijn neus, op een vensterbank, zat zijn Andere Deel. Hij kon de lichtstip zien boven haar linkerschouder, en hij betreurde het dat hij de Tradities had geleerd. Want misschien was die stip er wel de oorzaak van dat hij op die vrouw verliefd was geworden.

Ze is intelligent, dacht hij, ze voelde het gevaar van tevoren aan en nu wil ze niets meer van lichtende stippen weten.

'Ik heb mijn Gave gehoord. Wicca is een uitstekend Meester.'

Het was de eerste keer die middag dat ze over magie begon.

'De Stem zal je de mysteriën van de wereld leren, de mysteriën die in de tijd gevangenzitten en die door de heksen van generatie op generatie worden meegenomen.'

Hij sprak zonder veel aandacht voor zijn woorden. Hij probeerde zich te herinneren wanneer hij zijn Andere Deel voor het eerst had ontmoet. Solitaire mensen verliezen het gevoel voor tijd, de uren zijn lang en de dagen eindeloos. Toch wist hij zich te herinneren dat ze nog maar twee keer waren samen geweest. Brida leerde alles heel snel.

'Ik ken de rituelen, en op de komende equinox word ik ingewijd in de Grote Mysteriën.'

Ze voelde zich opnieuw gespannen worden.

'Er is trouwens iets wat ik nog niet weet. De Kracht die ze allemaal kennen, en die ze als mysterie vereren.'

De Magiër begreep waarom ze die middag gekomen was. Het was niet alleen maar om met hem tussen de bomen te wandelen en in de sneeuw twee sporen achter te laten – twee sporen die elkaar steeds meer naderden.

Brida zette de kraag van haar jas omhoog, rond haar gezicht. Hij wist niet of ze dat deed omdat je het altijd kouder krijgt zodra je halt houdt, of om haar nervositeit te verbergen.

'Ik wil leren om de seksuele kracht op te wekken. De vijf zintuigen,' zei ze ten slotte. 'Wicca zegt er verder niets over. Ze zegt dat zoals ik de Stem heb ontdekt, ik ook dit zal ontdekken.'

Ze zwegen een poosje. Zij vroeg zich af of de ruïne van een kerk de aangewezen plek was voor dit gesprek. Maar ze herinnerde zich dat er vele manieren bestonden om met de Kracht te werken. De monniken die daar geleefd hadden, hadden ermee gewerkt door zich te onthouden – en ze zouden begrepen hebben wat zij wilde zeggen.

'Ik heb het op alle mogelijke manieren geprobeerd. Ik heb het gevoel dat er een truc is, zoals dat trucje met de telefoon, dat Wicca bij de tarot heeft gebruikt. Iets wat ze me niet wil laten zien. Ik vermoed dat zij het zelf op de moeilijkste manier heeft geleerd en dat ze wil dat ik door dezelfde problemen heen ga als zij.'

'En daarom ben je naar mij toe gekomen?' onderbrak hij haar.

Brida keek hem diep in zijn ogen.

'Ja.'

Ze hoopte dat dit antwoord hem kon overhalen. Maar meteen al in het begin van hun ontmoeting was ze er niet zo zeker van geweest. Hun wandeling door het besneeuwde bos, het zonlicht dat werd weerkaatst door de sneeuw, hun onbekommerde gesprek over de meest uiteenlopende zaken – dat alles had ervoor gezorgd dat haar emoties nu galoppeerden als wilde paarden. Ze moest zichzelf opnieuw overtuigen dat ze slechts gekomen was met één doel, een doel dat ze hoe dan ook zou bereiken. Want God was, voor Hij man was, vrouw geweest.

De Magiër stond op van de hoop stenen waarop hij zat, en liep naar de enige muur die nog overeind stond. Halverwege de muur was een deur. Hij leunde tegen de deurstijl. Het middaglicht viel op zijn rug. Brida kon zijn gezicht niet zien.

'Dus er is iets wat Wicca je niet heeft uitgelegd,' zei de Magiër. 'Het kan zijn dat ze het gewoon vergeten is. Het kan zijn dat ze wilde dat je het zelf zou ontdekken.'

'Nou dan, ik ben hier om het zelf te ontdekken.'

En ze vroeg zich af of dit eigenlijk niet exact het plan van haar Meester was: ervoor zorgen dat ze naar die man toe ging.

'Ik zal je de uitleg geven,' zei hij uiteindelijk. 'Kom mee.'

Ze liepen naar een plek waar de bomen hoger en steviger waren. Brida zag dat tegen een aantal daarvan, tegen hun stammen aan, ruwhouten ladders gebonden waren. Boven aan iedere ladder bevond zich iets wat op een hut leek.

Hier wonen zeker de kluizenaars van de Traditie van de Zon, dacht ze.

De Magiër bekeek iedere hut zorgvuldig, besloot welke het moest worden en vroeg Brida om met hem mee naar boven te gaan.

Ze begon aan de klim. Halverwege voelde ze angst opkomen, want een val kon fataal zijn. Toch klom ze verder; ze was op een heilige plek, die beschermd werd door bosgeesten. De Magiër had weliswaar geen toestemming gevraagd, maar misschien was dat binnen de Traditie van de Zon ook niet nodig.

Toen ze boven kwamen, zuchtte ze diep; ze had weer een van haar angsten overwonnen. 'Dit is een goede plek om je de weg te leren,' zei hij, 'een uitkijkpost.'

'Een uitkijkpost?'

'Het zijn jachthutten. Ze moeten hoog zijn want anders nemen de dieren de geur van de mens waar.

Het hele jaar door laten ze hier voedsel achter. Ze wennen het wild eraan om steeds hier te komen en op een goede dag schieten ze het dan af.'

Brida zag een paar lege hulzen op de bodem liggen. Ze was geschokt.

'Kijk eens naar beneden,' zei hij.

Het was er te nauw voor twee personen, en haar lijf raakte bijna het zijne. Ze keek naar beneden; de boom was blijkbaar hoger dan de andere, ze kon de toppen van andere bomen zien, de vallei, de met sneeuw bedekte bergen aan de horizon. Het was een prachtige plek; overbodig om te zeggen dat het een uitkijkpost was.

De Magiër haalde het tentdoeken dak van de hut af, en plots stonden ze in een stralende zon. Het was koud. Het kwam haar voor dat ze zich op een magische plek bevonden, op de top van de wereld. Haar emoties wilden weer in galop gaan, maar ze wilde alles onder controle houden.

'Het was niet nodig om je hierheen te brengen om je te vertellen wat je wil weten,' zei de Magiër, 'maar ik wilde je een beetje meer van het woud laten zien. 's Winters, als het wild en de jagers ver weg zijn, klim ik in deze bomen en denk ik na over de Aarde.'

Hij wilde echt zijn wereld met haar delen. Brida's bloed begon sneller te stromen. Ze voelde zich vredig, overgegeven aan een van die momenten in ons leven wanneer ons niets anders overblijft dan de controle verliezen.

'Iedere relatie tussen de mens en de wereld komt tot stand via zijn vijf zintuigen. Je in de wereld van de magie begeven houdt in onbekende zintuigen ontdekken – en seks brengt ons naar enkele van die poorten.'

Ineens was hij van toon veranderd. Het leek wel een docent die een leerling biologieles gaf. Misschien is dat ook beter zo, dacht ze, niet al te zeer overtuigd.

'Of je nu de wijsheid of het genot in de seksuele kracht zoekt, is niet van belang; seks is altijd een totaalervaring. Want het is de enige activiteit van de mens die alle vijf zintuigen tegelijk aangaat – of hoort aan te gaan. Alle kanalen naar de ander toe worden aangesloten.

Op het moment van het orgasme verdwijnen de vijf zintuigen, en je gaat de wereld van de magie binnen; je kunt niet langer zien, horen, proeven, ruiken en de tastzin is ook opgeheven. Tijdens die lange secondes verdwijnt alles, extase komt ervoor in de plaats. Een extase die volstrekt gelijk is aan de extase van de mystici, die zij bereiken na vijf jaar onthouding en discipline.'

Het lag Brida op de lippen te vragen waarom de mystici dit dan niet via het orgasme zochten. Maar ze herinnerde zich de afstammelingen van de engelen.

'Wat iemand tot de extase opstuwt zijn de vijf zintuigen. Hoe meer zij geprikkeld worden, hoe sterker zij stuwen. En hoe dieper de extase zal zijn. Snap je?'

Natuurlijk. Ze snapte het helemaal. Ze knikte. Maar die ene vraag had afstand geschapen. Ze zou willen dat hij dichterbij was, zoals toen ze door het woud liepen.

'Dat is alles,' zei hij.

'Maar ik weet dat allemaal, en toch lukt het me niet!' Brida kon niet over Lorens praten. Dat was gevaarlijk, vermoedde ze. 'Jij hebt gezegd dat er een manier bestond om het wel te bereiken!'

Ze was zenuwachtig. Haar emoties gingen over in galop, en zij was bezig de controle te verliezen.

De Magiër keek opnieuw naar het woud daar beneden. Brida vroeg zich af of hij op dat moment ook tegen zijn emoties vocht. Maar ze wilde en mocht niet geloven aan wat ze nu dacht.

Ze wist wat de Traditie van de Zon was. Ze wist dat de Meesters van die traditie onderwezen aan de hand van de ruimte, het moment. Daar had ze aan gedacht voor ze hem opzocht. Ze had zich voorgesteld dat ze samen zouden kunnen zijn, net zoals nu – zonder dat er iemand in hun buurt was. Zo waren de Meesters van de Traditie van de Zon – ze gaven onderricht aan de hand van daden, voor hen stond de theorie altijd op het tweede plan. Dit alles had ze bedacht voor ze naar het woud was gekomen. En toch was ze gekomen, want nu was haar weg belangrijker dan al het andere. Ze moest de traditie van haar vele levens voortzetten.

Maar hij gedroeg zich net als Wicca, die slechts over de dingen sprak.

'Leer het mij,' zei ze nog een keer.

De Magiër hield zijn ogen strak gericht op de bladerloze, met sneeuw bedekte boomtoppen. Hij kon op dat moment vergeten dat hij een Meester was, en alleen een Magiër zijn, een man zoals alle andere mannen. Hij wist dat het Andere Deel voor hem stond. Hij kon beginnen over het licht dat hij zag, zij zou het geloven, en ze zouden elkaar weerzien. Zelfs al zou ze huilend en opstandig weglopen, ze zou terugkeren, want het was waar wat hij zei – en net zoals hij haar nodig had, had zij hem nodig. Zo luidde de wijsheid over de Andere Delen – ze zouden elkaar altijd herkennen.

Maar hij was een Meester. En ooit had hij in een dorp in Spanje een heilige eed gezworen. Die behelsde onder meer dat een Meester niemand een keuze mocht opdringen. Hij had deze fout een keer begaan en daarom was hij vele jaren uit de wereld verbannen geweest. Nu was het anders maar desondanks wilde hij het risico niet lopen. Ik kan de Magie voor haar opgeven, dacht hij even, en meteen besefte hij de dwaasheid van die gedachte. Dat soort afstand doen was niet waar de Liefde behoefte aan had. De ware Liefde stond toe dat ieder zijn eigen weg volgde – omdat ze wist dat zoiets de Delen nooit uit elkaar zou drijven.

Hij moest geduld hebben. Hij moest doorgaan met naar de herders te kijken, in de wetenschap dat zij beiden vroeg of laat samen zouden zijn. Zo luidde de Wet. En daarin had hij zijn hele leven geloofd.

'Waar je om vraagt is eenvoudig,' zei hij uiteindelijk. Hij had zichzelf weer onder controle; zijn discipline had gewonnen.

'Zorg ervoor dat je vijf zintuigen al actief zijn voordat je de ander aanraakt. Want seks heeft een eigen leven. Vanaf het ogenblik waarop je begint, ben je die kracht niet langer de baas, maar is ze jóú de baas. En alles wat je erin hebt gelegd – je angsten, je verlangens, je gevoeligheid – zal ook de hele tijd aanwezig blijven. Daardoor worden mensen impotent. Ga je vrijen neem dan alleen je liefde en je vijf zintuigen – die al actief zijn – mee het bed in. Alleen zo zul je de eenheid met God ervaren.'

Brida keek naar de patroonhulzen die op de vloer lagen. Ze liet niet blijken wat ze voelde. Tenslotte kende ze nu de truc. En – zo zei ze tegen zichzelf – dat was het enige wat voor haar telde.

'Dat is alles wat ik je kan leren.'

Ze deed er verder het zwijgen toe. De wilde paarden werden door de stilte getemd.

'Adem zeven maal rustig in en uit, zorg dat je vijf zintuigen actief zijn voor je tot fysiek contact overgaat. Geef de tijd de tijd.'

Hij was een Meester van de Traditie van de Zon. Hij had opnieuw een proef doorstaan. Zijn Andere Deel zorgde er ook voor dat hij vele dingen leerde.

'Ik heb je het uitzicht laten zien. We gaan weer naar beneden.'

Geamuseerd keek ze naar de kinderen die op het plein speelden. Iemand had haar ooit verteld dat elke stad een 'magische plek' bezit, een plek waar we heen gaan wanneer we de behoefte voelen om eens serieus na te denken over het leven. Dit plein was in Dublin haar magische plek. Toen ze vol dromen en een en al verwachting naar de grote stad was gekomen, had ze daar vlakbij haar eerste flatje gehuurd. In die tijd was haar ambitie geweest zich in te schrijven aan het Trinity College en hoogleraar letterkunde te worden. Ze had veel tijd doorgebracht op de bank waar ze nu zat, had gedichten geschreven en geprobeerd zich te gedragen zoals haar literaire idolen hadden gedaan.

Maar het geld dat haar vader haar stuurde was niet veel, en ze had een baan moeten nemen bij een exportbedrijf. Dat had ze niet erg gevonden; ze was tevreden met wat ze deed, en haar baan was nu een van de belangrijkste dingen in haar leven – want het werk maakte dat ze contact hield met de werkelijkheid, maakte dat ze niet gek werd. Het zorgde voor een, zij het precair, evenwicht tussen de zichtbare en onzichtbare wereld.

De kinderen speelden. Aan kinderen van deze leeftijd werden, zoals ook ooit aan haar, verhalen verteld over feeën en heksen, verhalen waarin de heksen zwarte kleren droegen en vergiftigde appels gaven aan zielige, in het bos verdwaalde meisjes. Het zou bij geen van de kinderen daar opkomen dat ze werden gadegeslagen door iemand die een echte heks was.

Die middag had Wicca haar gevraagd een oefening te doen die niets had uit te staan met de Traditie van de Maan;

het was een oefening waarmee iedereen resultaat kon boeken. Maar zij moest haar uitvoeren om de brug tussen het zichtbare en onzichtbare in stand te houden.

De oefening was simpel: ze moest gaan liggen, ontspannen, en een winkelstraat in gedachten nemen. En dan in die straat een etalage bekijken, heel geconcentreerd, en zich alle bijzonderheden – de koopwaar, de prijzen, hoe alles was uitgestald – in haar geheugen prenten. Als ze met de oefening klaar was, moest ze naar die straat gaan en kijken of het klopte.

Nu zat ze daar naar de kinderen te kijken. Ze was bij de winkel geweest en de spullen die ze gefantaseerd had waren exact dezelfde geweest als die in de werkelijke etalage. Ze vroeg zich af of iedereen dit zou kunnen, of dat haar maanden van training als heks aan het resultaat hadden bijgedragen. Het antwoord zou ze nooit weten.

Maar de straat van de oefening lag vlak bij haar 'magische plek'. Toeval bestaat niet, dacht ze. Haar hart verkeerde in rep en roer, om iets waar ze niet een-twee-drie een oplossing voor had: de Liefde. Ze hield van Lorens, daar was ze zeker van. Ze wist dat ze, als ze de Traditie van de Maan goed zou hanteren, een lichtende stip boven zijn linkerschouder zou zien. Op een middag waren ze, zoals ze wel vaker deden, warme chocolademelk gaan drinken in de buurt van de toren die James Joyce tot *Ulysses* had geïnspireerd, en toen had ze Lorens' ogen zien glanzen.

De Magiër had gelijk. De Traditie van de Zon was de weg van alle mensen, van iedereen die kon bidden, het geduld kon opbrengen en de lessen ervan wilde leren. Hoe meer ze zich in de Traditie van de Maan verdiepte, hoe meer ze de Traditie van de Zon begreep en bewonderde.

De Magiër. Weer dacht ze aan hem. En dat was het probleem dat haar naar haar magische plek had gebracht. Sinds ze samen in de jachthut waren geweest, dacht ze regelmatig aan hem. Nu zelfs wilde ze naar hem toe, over de oefening praten die ze net had gedaan; maar ze wist dat dit slechts een smoes was die voortkwam uit de hoop dat hij haar opnieuw zou uitnodigen voor een wandeling door het woud. Ze wist zeker dat ze welkom zou zijn, en ze had het gevoel dat hij om de een of andere reden – waar zij niet eens naar gissen durfde – haar gezelschap op prijs stelde.

Ik heb altijd de neiging gehad om me door mijn gevoelens te laten meeslepen, dacht ze, in een poging op die manier de Magiër uit haar gedachten te bannen. Maar ze wist dat hij binnen de kortste keren daar zou weerkeren.

Ze wilde daarmee stoppen. Ze was een vrouw en wist goed wat de symptomen van een nieuwe verliefdheid waren: zoiets moest ze hoe dan ook voorkomen. Ze hield van Lorens, ze wilde dat het zo bleef. Haar leven was al voldoende veranderd.

Op zaterdagochtend belde Lorens.

'Laten we gaan wandelen,' zei hij, 'naar het klif gaan.'

Brida maakte iets te eten klaar. Ze hadden een klein uur voor de boeg in een bus met een haperende verwarming. Tegen het middaguur kwamen ze aan in een klein plaatsje met een kleine haven en meeuwen die boven de voor anker liggende boten hingen.

Brida was geëmotioneerd. In haar eerste jaar aan de Letterenfaculteit had ze veel gelezen over een dichter die daar de vorige eeuw had geleefd. Het was een mysterieuze man, een groot kenner van de Traditie van de Maan, lid van geheime genootschappen. In zijn boeken had hij een occulte boodschap achtergelaten voor hen die de spirituele weg willen gaan. Hij heette W. B. Yeats. Ze herinnerde zich een paar van zijn verzen, verzen die gemaakt leken voor die koude ochtend:

'ik zaaide mijn dromen
waar jij nu je voeten zet;
voorzichtig, dat jouw voeten
mijn dromen niet vertrappen.'

Ze gingen het enige café van het gehucht in, dronken een whisky om beter tegen de kou te kunnen en vertrokken naar het klif. De smalle verharde weg begon al snel te stijgen en een halfuur later bereikten ze dat wat de plaatselijke bevolking 'de klippen' noemde. Het was een kaap, bestaande uit rotsformaties die vlak voor zee eindigden in een afgrond. Er liep een weg om de rotsen heen; als ze zonder haast liepen zouden ze de hele route om de klippen in nog geen vier uur doen; daarna was het de bus terug nemen naar Dublin.

Brida was met dit programma verguld; hoe talrijk ook de emoties zouden zijn die het leven voor haar dit jaar in petto had, de winter verdragen was altijd moeilijk. Het enige wat ze deed was overdag naar haar werk gaan, 's avonds naar de faculteit en in het weekend naar de film. Op vastgestelde tijden voerde ze de rituelen uit, en ze danste zoals Wicca haar had geleerd. Maar ze was graag buiten in de natuur.

Het was donker weer, de wolken hingen laag, maar de lichamelijke inspanning en de whisky konden de kou verhullen. Het pad was te smal om er met zijn tweeën naast elkaar te lopen; Lorens liep voorop en Brida volgde op een paar meter. Dit soort omstandigheden maakte praten moeilijk. Toch konden ze af en toe een paar woorden wisselen, genoeg om elkaars nabijheid te voelen en de natuur die hen omringde te delen.

Ze keek met de fascinatie van een kind naar het landschap, dat waarschijnlijk niet verschilde van dat van duizenden jaren geleden, toen er geen steden waren, geen havens, geen dichters, geen meisjes die een zoektocht ondernamen naar de Traditie van de Maan; in die tijd bestonden slechts de rotsen, de zee die ginds in de diepte beukte, en de meeuwen die door de lage wolken vlogen. Af en toe keek Brida de afgrond in en voelde ze een lichte duizeling. De zee zei dingen die ze niet begreep, de meeuwen maakten tekeningen die ze niet volgen kon. Desalniettemin keek ze naar die oerwereld alsof daarin de ware wijsheid van het Universum lag opgeslagen, meer dan in alle boeken die ze las, of in alle rituelen die ze placht uit te voeren. Hoe verder ze van de haven afraakten, hoe onbelangrijker alles – haar dromen, haar leven van alledag, haar zoektocht – werd. Over bleef alleen wat Wicca Gods Hand noemde.

Over bleef alleen dat oermoment, te midden van de ongebreidelde krachten van de natuur – het gevoel dat ze leefde, aan de zijde van iemand van wie ze hield.

Na bijna twee uur lopen werd het pad breder, ze konden

naast elkaar zitten en ze besloten uit te rusten. Lang zou hun niet gegund zijn; al snel zou de kou niet te harden zijn en zouden ze weer in beweging moeten komen. Maar ze wilde op zijn minst een paar ogenblikken naast hem zitten, naar de wolken kijken en naar het ruisen van de zee luisteren.

Brida rook de zeelucht, proefde het zout in haar mond. Haar gezicht, tegen Lorens' jas aan gevlijd, voelde ze gloeien. Het was een intens moment, van vol bestaan. Haar vijf zintuigen waren actief.

Haar vijf zintuigen waren actief.

In een flits dacht ze aan de Magiër en daarop vergat ze hem weer. Al wat haar nu interesseerde waren haar vijf zintuigen. Ze moesten actief blijven. Het ogenblik was gekomen.

'Lorens, ik wil met je praten.'

Lorens mompelde iets, maar zijn hart was bang. Terwijl hij naar de wolken en naar de afgrond keek, begreep hij dat die vrouw het belangrijkste in zijn leven was. Dat zij de verklaring, de enige reden van die rotsen, van die hemel, van die winter was. Als zij niet daar bij hem was, konden de engelen wel in heerscharen uit de hemel neerdalen om hem te troosten, maar het zou niet belangrijk zijn – het Paradijs zou volstrekt zinloos zijn.

'Ik wil je zeggen dat ik van je hou,' zei Brida zacht, 'omdat je mij hebt laten zien hoe fijn de liefde is.'

Ze voelde zich vol, totaal, met dat hele landschap dat in haar ziel drong. Hij begon haar haar te strelen. En zij wist dat, als ze het risico nam, ze een liefde kon ervaren die ze nooit ervaren had.

Brida kuste hem. Ze proefde de smaak van zijn mond, voelde de streling van zijn tong. Iedere beweging nam ze waar en ze voelde dat hem hetzelfde overkwam – want de Traditie van de Zon openbaart zich altijd aan iedereen die naar de wereld kijkt alsof hij deze voor het eerst ziet.

'Ik wil jou hier beminnen, Lorens.'

In een flits dacht hij dat ze op een openbare weg waren, dat er iemand voorbij kon komen, iemand die zo gek was om zich hier hartje winter op te houden. Maar wie daartoe in staat was, kon vast wel begrijpen dat bepaalde krachten, eenmaal op gang gebracht, niet meer te stoppen zijn.

Hij ging met zijn handen onder haar trui en voelde haar borsten. Brida gaf zich volledig over – de krachten van de wereld drongen via haar vijf zintuigen naar binnen en veranderden in de energie die bezit van haar nam. Ze gingen op de grond liggen, tussen de rots, de afgrond, de zee, tussen het leven van meeuwen in de hoogte en de dood op de stenen in de diepte. Zonder enige angst begonnen ze te vrijen, want God beschermt de onschuldigen.

Ze voelden geen kou meer. Het bloed stroomde zo heftig dat zij haar kleren deels van zich af rukte, en hij deed hetzelfde. Er was geen pijn meer; hun knieën en ruggen schuurden over de stenige bodem, maar dat was een onderdeel van het genot en maakte het volledig. Brida wist dat het orgasme eraan kwam, maar het was een heel ver gevoel, want ze was volkomen verbonden met de wereld. Haar lichaam en het lichaam van Lorens mengden zich met de zee, de stenen, met het leven en de dood. Zolang ze kon bleef ze in deze toestand, terwijl een ander deel van haar besefte, hoewel heel vaag, dat ze nu dingen deed die ze nooit eerder had gedaan. Maar het was een weerzien met de zin van het leven, het was een terugkeer naar de tuinen van Eden, het was het moment waarop ze terugging in Adam en de twee Delen zich in de Schepping veranderden.

Plotseling verloor ze alle greep op de wereld om haar heen, haar vijf zintuigen leken zich los te maken en ze had geen kracht meer om ze nog vast te houden. Als getroffen door een heilige bliksemflits liet ze hen los, en de wereld, de meeuwen, de zilte smaak, de ruwe aarde, de geur van de zee, het beeld van de wolken, alles verdween totaal – en in plaats daarvan verscheen een immens gouden licht dat groter werd, almaar toenam, tot het ten slotte de verste ster van de melkweg bereikte.

Heel langzaam zweefde ze terug uit die toestand, en verschenen de zee en de wolken weer. Maar alles was gedompeld in een trilling van diepe vrede, de vrede van een universum dat, al was het maar voor een paar ogenblikken, een verklaring kreeg, omdat ze één werd met de wereld. Ze had nog een brug ontdekt die het zichtbare met het onzichtbare verbond, en deze weg zou ze nooit meer vergeten.

De volgende dag belde ze Wicca. Ze vertelde wat er gebeurd was. Aan de andere kant bleef het een tijdje stil.

'Proficiat,' klonk het toen, 'het is je gelukt.'

Ze verklaarde dat de seksuele kracht vanaf dat moment ingrijpende veranderingen teweeg zou brengen in de manier waarop ze de wereld zag en ervoer.

'Je bent klaar voor het Equinoxfeest. Maar er moet nog één ding gebeuren.'

'Nog iets? Maar jij zei dat dit alles was!'

'Iets makkelijks. Je moet over een jurk dromen. De jurk die je die dag zult dragen.'

'En wat als me dat niet lukt?'

'Maar dat lukt je wel. Het moeilijkste heb je al klaargespeeld.'

Ze veranderde plotseling van onderwerp, zoals ze wel vaker deed. Ze zei dat ze een nieuwe auto had gekocht, en dat ze een ritje wilde maken en gaan winkelen. Of Brida misschien met haar mee kon.

Brida was trots dat ze was uitgenodigd en vroeg haar chef toestemming om eerder weg te gaan. Het was de eerste keer dat Wicca iets van genegenheid jegens haar toonde – al was het alleen maar een ritje maken en winkelen. Ze was zich ervan bewust dat veel andere leerlingen maar al te graag op dat moment in haar schoenen zouden staan.

Wie weet kon ze die middag laten zien hoe belangrijk Wicca voor haar was, en dat ze graag vriendinnen met haar was. Het was moeilijk voor Brida om vriendschap en spirituele zoektocht als losstaande dingen te zien, en ze voelde zich gekrenkt omdat Wicca, haar Meester, tot dan toe op geen enkele manier interesse in haar leven getoond had. Wat ze zei ging nooit verder dan hetgeen strikt noodzakelijk was om binnen de Traditie van de Maan haar werk goed te kunnen doen.

Op de afgesproken tijd zat Wicca te wachten in een rode MG convertible. De kap was naar beneden. De auto, een klassiek model uit de Britse auto-industrie, was uitzonderlijk goed onderhouden, de lak glansde en het houten dashboard glom. Brida durfde niet te schatten hoe duur hij was. Ze schrok een beetje van het idee dat een heks zo'n dure auto kon hebben. Voor ze de Traditie van de Maan leerde kennen, was haar als klein meisje steeds verteld dat heksen verschrikkelijke pacten sloten met de duivel, in ruil voor geld en macht.

'Vind je het niet een beetje koud om met open kap te rijden?' vroeg ze toen ze instapte.

'Ik kan niet wachten tot de zomer,' antwoordde Wicca, 'ik kan dat gewoon niet. Ik heb gewoon enorme zin om met open kap te rijden.'

Wat leuk, dacht Brida, tenminste wat dit aanging, was Wicca een normaal iemand.

Ze reden door de straten, oogstten bewonderende blikken van oudere mensen, gefluit en complimenten van mannen.

'Dat je je druk maakt of je wel over de jurk zult dromen, daar ben ik blij om,' zei Wicca. Brida had niet meer aan het telefoongesprek gedacht.

'Stop nooit met twijfelen,' ging Wicca verder, 'als je dat wel doet, is ook je zoektocht gestopt. Dan komt God en breekt alles af, want Hij waakt over zijn uitverkorenen en wel zo dat Hij ervoor zorgt dat ze de weg die ze moeten gaan, ook helemaal zúllen gaan. Wanneer we om een of andere reden stoppen, bijvoorbeeld uit gemakzucht, luiheid, of het onterechte idee dat we het noodzakelijke al weten, dwingt Hij ons om verder te gaan.

Maar pas op: sta nooit toe dat twijfels je verlammen. Neem altijd de beslissingen die je moet nemen, zelfs al weet je niet zeker of het wel de juiste zijn. Het kan onmogelijk fout gaan, als je bij het nemen van beslissingen een oud Duits spreekwoord in gedachten houdt. Met dat spreekwoord – dat de Traditie van de Maan tot in onze tijd heeft bewaard – in je achterhoofd kun je een verkeerde beslissing nog altijd veranderen in een juiste.

Dat spreekwoord luidt: "*Der Teufel steckt im Detail.*" '

Wicca stopte plotseling bij een garage.

'Wat dat spreekwoord aangaat, bestaat er een bijgeloof,' zei ze, 'het schiet ons alleen te binnen als we het nodig hebben. Ik heb de auto net gekocht, en ik begin ineens over dat spreekwoord.'

Toen de monteur kwam aanlopen, stapte ze uit.

'Problemen met de kap, mevrouw?'

Wicca nam niet de moeite om antwoord te geven. Ze vroeg hem of hij alles wilde nalopen. Aan de overkant van de straat was een banketbakker annex lunchroom; daar gingen ze een warme chocolademelk drinken, terwijl de monteur de MG nakeek.

'Nu moet je eens letten op die monteur,' zei Wicca, terwijl ze vanuit de lunchroom naar de garage keken. De man stond roerloos voor de open motorkap.

'Hij raakt niets aan,' ging Wicca verder, 'hij kijkt alleen maar. Hij zit al jaren in het vak en weet dat de auto een bijzondere taal tegen hem spreekt. Zijn verstand werkt nu niet, maar zijn gevoel.'

Ineens boog de monteur voorover, zijn handen gingen rechtstreeks af op een bepaalde plek van de motor. Hij begon te wrikken.

'Hij heeft het probleem gevonden,' zei Wicca, 'hij heeft geen tijd verspild, want de communicatie tussen de auto en hem is perfect. De monteurs, de goede, die ik ken, zijn allemaal zo.'

De goede die *ík* ken ook, dacht Brida. Maar zij dacht altijd dat ze zo deden omdat ze niet wisten waar ze moesten beginnen. Ze had nooit de moeite genomen om eens goed op te letten en te zien dat ze altijd op de juiste plek begonnen.

'Waarom proberen dergelijke mensen, die over de wijsheid van de Zon beschikken, nooit de fundamentele vragen van het Universum te begrijpen? Waarom blijven ze liever auto's repareren, of in cafés koffie serveren?'

'Wat brengt jou ertoe te denken dat wij, met onze weg en onze toewijding, het Universum beter begrijpen dan alle anderen?

Ik heb veel leerlingen. Het zijn mensen die in niets verschillen van al die anderen die in de bioscoop een traan laten en wanhopig zijn als hun kinderen niet op de afgesproken tijd thuis zijn, ook al weten ze dat de dood niet bestaat. De hekserij is slechts een van de manieren om dicht bij de Hoogste Wijsheid te zijn – want alles wat een mens doet kan hem daar brengen; als hij maar met liefde in zijn hart te werk gaat. Heksen kunnen met de Ziel van de Wereld praten, op de linkerschouder van ons Andere Deel een licht zien en aan de hand van het rustige schijnsel van een kaars het Oneindige beschouwen. Maar wij weten niets over automotoren. Zoals de monteurs ons nodig hebben, zo hebben wij de monteurs nodig. Hun brug naar het onzichtbare is een automotor; de onze is de Traditie van de Maan. Maar het onzichtbare is hetzelfde.

Doe het jouwe en maak je geen zorgen over de anderen. Wees ervan overtuigd dat God ook met hen praat en dat zij evenzeer als jij hun uiterste best doen om de zin van dit leven te ontdekken.'

'De auto is klaar,' zei de monteur, toen ze uit de lunchroom terugkwamen. 'U was dik in de problemen gekomen, dat hebt u mooi voorkomen; er was een slang die op scheuren stond.'

Wicca sputterde wat over de prijs, maar was dankbaar dat ze zich het spreekwoord herinnerd had.

Ze gingen winkelen in een van Dublins winkelstraten – in die straat die Brida zich bij haar etalageoefening had voorgesteld. Steeds als het gesprek persoonlijker dreigde te worden, hield Wicca de boot af met vage en ontwijkende antwoorden. Maar ging het over banale onderwerpen als prijzen, kleren, het slechte humeur van de verkoopsters, dan liep ze over van enthousiasme. Ze spendeerde die middag een aardige cent, over het algemeen aan spullen die van een verfijnde smaak getuigden.

Brida wist dat je iemand niet vraagt waar het geld vandaan komt dat hij uitgeeft. Haar nieuwsgierigheid was echter dermate groot dat ze bijna deze elementaire fatsoensregel geschonden had.

Ze sloten de middag af in het meest traditionele Japanse restaurant van de stad, met een schaal *sashimi*.

'God, zegen deze gaven,' zei Wicca, 'we zijn zeevaarders op een zee die we niet kennen; geef ons altijd de moed om dit mysterie te aanvaarden.'

'Maar jij bent een Meester van de Traditie van de Maan,' merkte Brida op. 'Jij kent de antwoorden.'

Wicca keek naar de schaal met eten. Haar blik was afwezig.

'Ik kan heen en weer reizen tussen het heden en het verleden,' zei ze na enige tijd, 'ik ken de wereld van de geesten, en ik ben volledig één geworden met krachten die zo overweldigend zijn dat de woorden van alle talen ter wereld tezamen onvoldoende zijn om ze te beschrijven. Misschien kan ik zeggen dat ik de zwijgende kennis bezit van de weg die de mensheid tot hier heeft gebracht.

Omdat ik dat alles ken en een Meester ben, weet ik ook dat we nooit, echt nooit, de ultieme reden van ons bestaan zullen kennen. We zullen kunnen weten hoe, waar, wanneer en wat we hier zijn. Maar de vraag *waartoe?* is en zal altijd een vraag zonder antwoord blijven. Het hoofddoel van de Grote Architect van het Universum is alleen aan Hem, en aan niemand anders.'

Het was alsof de hele omgeving de adem inhield.

'Nu, terwijl wij hier zitten te eten, houdt negenennegentig procent van de bewoners van deze planeet zich, ieder op zijn manier, bezig met deze vraag: waartoe zijn we op aarde? Velen denken het antwoord gevonden te hebben in hun religie of in hun materialisme. Anderen zijn vertwijfeld en besteden hun leven en kapitaal aan het vinden van een zin. Een enkeling heeft besloten de vraag onbeantwoord te laten en leeft slechts in het moment, zonder zich zorgen te maken over resultaten of consequenties.

Alleen de moedigen, en zij die de Traditie van de Zon en de Traditie van de Maan kennen, weten het enig mogelijke antwoord op die vraag: IK WEET HET NIET.

Dit mag in eerste instantie angstaanjagend lijken en het kan ons naakt en weerloos maken tegenover de wereld, de dingen van de wereld en de zin zelf van ons bestaan. Maar als de eerste schrik voorbij is, zullen we langzaam wennen aan de enig mogelijke oplossing, en die is: onze dromen volgen. De moed hebben de stappen te zetten die we altijd al wilden zetten is de enige manier om te laten zien dat we vertrouwen op God.

Zo gauw we dit aanvaarden, krijgt het leven voor ons een heilige zin en ervaren we dezelfde emotie als die de Maagd ervoer toen er op een middag in haar eenvoudige leven een vreemdeling verscheen en haar een aanbod deed. "Uw wil geschiede," heeft de Maagd gezegd. Want zij had begrepen dat het hoogste wat een mens kan ervaren de aanvaarding van het Mysterie is.'

Na een lange stilte pakte Wicca haar bestek weer op en ging verder met eten. Brida keek haar aan, trots dat ze bij haar was. Ze dacht niet meer aan de vragen die ze Wicca had willen stellen maar nooit stellen zou: of ze ergens geld mee verdiende, of ze op iemand verliefd was, of ze jaloers was op een man. Ze bedacht hoe groot van ziel de ware wijzen waren. Wijzen die hun hele leven doorbrachten met naar een antwoord zoeken dat er niet was en die, wanneer ze dat begrepen, niet met valse verklaringen kwamen. In alle nederigheid leefden ze verder in een Universum dat ze nooit zouden kunnen begrijpen. Maar ze konden er wel aan deelnemen, en de enig mogelijke manier was de eigen verlangens, de eigen dromen te volgen – want juist daardoor veranderde de mens in een instrument van God.

'Nou, wat voor zin heeft het dan te zoeken?' vroeg zij.

'We zoeken niet. We aanvaarden, en dan wordt het leven veel intenser en stralender, omdat we begrijpen dat iedere stap van ons, ons hele leven lang, een grotere betekenis heeft dan wijzelf. We begrijpen dat deze vraag ergens, op een plek in de tijd en in de ruimte, beantwoord is. We begrijpen dat er een reden bestaat voor het feit dat we hier zijn, en dat is genoeg.

Vol vertrouwen dompelen we ons onder in de Donkere Nacht, vervullen datgene wat de oude alchemisten de Eigen Legende noemden en geven ons volledig aan het ogenblik over, omdat we weten dat er steeds een Hand is die ons leidt: aan ons de keus die te aanvaarden of niet.'

Die avond bracht Brida uren door met naar muziek te luisteren, in volledige overgave aan het wonder dat ze leefde. Ze dacht aan haar lievelingsschrijvers. Een van hen had haar met een eenvoudige zin al het geloof gegeven dat nodig was om eropuit te gaan en de wijsheid te zoeken. Het was een Engelse dichter van twee eeuwen geleden, die William Blake heette. Hij schreef:

'Iedere vraag die je verzinnen kunt heeft een antwoord.'

Het was tijd om een ritueel uit te voeren. Ze moest zich de komende minuten op de vlam van een kaars concentreren. Ze ging voor haar huisaltaartje zitten. De kaars voerde haar naar de middag waarop Lorens en zij elkaar op het klif hadden bemind. Er waren meeuwen die zo hoog vlogen als de wolken, en zo laag als de golven.

De vissen vroegen zich misschien af hoe het mogelijk was te vliegen, omdat van tijd tot tijd mysterieuze wezens hun wereld binnen kwamen gedoken en weer verdwenen zoals ze gekomen waren.

De vogels vroegen zich misschien af hoe het mogelijk was om in het water adem te halen, ze voedden zich immers met dieren die onder de golven leefden.

Er bestonden vogels en er bestonden vissen. Het waren universums die zo nu en dan met elkaar communiceerden, zonder dat de een de vraag van de ander beantwoorden kon. In ieder geval hadden ze allebei vragen. En de vragen hadden antwoorden.

Brida keek naar de kaars voor zich, en om haar heen begon een magische sfeer te ontstaan. Dat gebeurde normaal altijd, maar die avond was de intensiteit ervan anders.

Als zij in staat was een vraag te stellen, was het omdat er in een ander Universum een antwoord was. Iemand wist het antwoord, ook al zou zij het nooit weten. Ze hoefde niet langer de zin van het leven te begrijpen; het was voldoende Iemand te ontmoeten die het wist. En dan in Zijn armen dezelfde slaap te slapen als die van een kind omdat het weet dat iemand die sterker is dan het kind zelf, het beschermt tegen alle kwaad en alle gevaar.

Toen ze het ritueel beëindigde, deed ze een kort dankgebed voor alle stappen die ze tot dan toe had gedaan. Ze dankte, omdat de eerste persoon aan wie ze een vraag over magie had gesteld, niet had geprobeerd haar het Universum te verklaren – integendeel, hij had haar een hele nacht in het donker van het woud laten doorbrengen.

Ze moest naar hem toe, hem bedanken voor alles wat hij haar had geleerd.

Steeds als ze naar hem toe ging, was ze op zoek naar iets; en vond ze het, dan was het enige wat ze deed, weggaan, vaak zelfs zonder afscheid te nemen. Maar het was deze man geweest die haar tot voor de deur had gebracht die ze de komende equinox wilde binnengaan. Ze moest op zijn minst 'dankjewel' tegen hem zeggen.

Nee, bang om verliefd op hem te worden was ze niet. Ze had Lorens' ogen gezien en daarin dingen over de occulte zijde van haar ziel gelezen.

Ze kon haar twijfels hebben of ze wel zou dromen over die jurk, maar wat haar liefde betrof was alles haar duidelijk.

'Dankjewel dat je mijn uitnodiging hebt aangenomen,' zei ze tegen de Magiër zodra ze zaten. Ze bevonden zich in het enige café van het dorp, in hetzelfde lokaal als waar zij de vreemde glans in zijn ogen had waargenomen.

De Magiër zei niets. Het viel hem op dat haar energie volledig veranderd was; het was haar gelukt de Kracht wakker te maken.

'De dag waarop ik alleen in het woud achterbleef, heb ik mezelf beloofd dat ik terug zou keren om je te danken of te vervloeken. Ik heb mezelf beloofd dat ik zou terugkeren als ik mijn weg zou weten. Maar geen van die beloften ben ik nagekomen; ik kwam steeds om jouw hulp, en jij liet me nooit in de steek als ik je nodig had.

Misschien getuigt het van mijn kant van pretentie, maar ik wil dat je weet dat je een werktuig in Gods Hand bent geweest. Ik zou het fijn vinden als je vanavond mijn gast zou willen zijn.'

Ze wilde twee glazen whisky bestellen zoals altijd, maar hij stond op, liep naar de bar en kwam terug met een fles wijn, een fles mineraalwater en twee glazen.

'In het oude Perzië,' zei hij, 'was het gebruik dat als twee mensen elkaar troffen om samen te drinken een van de twee werd gekozen tot Koning van de Avond. In de regel was dat degene die de ander had uitgenodigd.'

Hij wist niet of zijn stem zeker klonk. Hij was verliefd, en Brida's energie was veranderd.

Hij schoof de wijn en het water naar haar toe.

'De Koning van de Avond moest de toon van het gesprek vaststellen. Als hij in het eerste glas dat ze dronken, meer water dan wijn schonk, gingen ze het over serieuze zaken hebben. Als hij evenveel wijn als water inschonk, zouden ze het over serieuze en aangename dingen gaan hebben. Tot slot, als hij de glazen met wijn vulde en maar een paar druppels water toevoegde, moest de avond ontspannend en aangenaam worden.'

Brida schonk de glazen tot de rand toe vol en liet in beide maar één druppel water vallen.

'Ik ben alleen maar gekomen om je te bedanken,' zei ze nog eens, 'omdat jij me geleerd hebt dat het leven een daad van geloof is. En dat ik deze zoektocht waard ben. Dat heeft me op de weg die ik heb gekozen, bijzonder geholpen.'

Ze dronken tegelijkertijd in één teug hun glas leeg. Hij omdat hij gespannen was. Zij omdat ze ontspannen was.

'Lichte onderwerpen, toch?' herhaalde Brida.

De Magiër zei dat zij de Koning van de Avond was en diende aan te geven waar het gesprek over zou gaan.

'Ik wil iets over jouw privéleven weten. Ik wil weten of jij ooit iets met Wicca hebt gehad.'

Hij knikte ja. Brida voelde een onverklaarbare jaloezie – maar ze wist niet of ze nu op hem jaloers was of op haar.

'We hebben een relatie gehad maar er geen moment over gedacht om bij elkaar te blijven,' vervolgde hij. Ze kenden allebei de Tradities en wisten dat ze niet elkaars Andere Deel waren.

Ik wil de lichtende stip niet leren zien, dacht Brida, ook al wist ze dat ze daar niet onderuit zou kunnen. De liefde bij heksen was nu eenmaal zo.

Ze dronk nog wat. Ze had haar doel bijna bereikt, binnenkort was de lente-equinox, ze kon ontspannen. Lange tijd had ze zichzelf niet toegestaan om veel te drinken. Maar nu hoefde ze alleen nog maar over een jurk te dromen.

Ze praatten en dronken. Brida wilde terug naar het onderwerp, maar zag de Magiër ook graag meer op zijn gemak.

Ze zorgde ervoor dat de glazen gevuld bleven. De eerste fles raakte leeg toen ze midden in een gesprek waren over de problemen die het wonen in een klein dorp met zich meebracht. Voor de mensen van zijn dorp stond de Magiër in contact met de duivel.

Brida was blij dat ze belangrijk was: hij was vast erg eenzaam. Misschien spraken ze in dit dorp alleen maar tegen hem voor zover de beleefdheid dat vereiste. Ze begonnen aan de volgende fles, en het verbaasde haar te zien dat ook een Magiër, een man die de hele dag in het woud doorbracht om één met God te worden, in staat was te drinken en zich te bezatten.

Toen de tweede fles leeg was, was ze al vergeten dat ze daar alleen maar zat om de man tegenover haar te bedanken. De manier waarop ze met hem omging – zo begreep ze nu – had voortdurend iets van een verdekt duel. Ze zou hem niet graag zien als een gewoon iemand, en nu ging het gevaarlijk die kant op. Ze zag hem liever als de wijze die haar naar een jachthut hoog in de bomen bracht en die uren naar de zonsondergang keek.

Ze begon over Wicca, om te zien of hij op enigerlei manier reageerde. Ze vertelde dat Wicca een excellente Meester was die haar alles had geleerd wat ze tot dan toe moest weten – maar op zo'n subtiele wijze dat ze het gevoel had dat ze alles wat ze leerde, eigenlijk al wist.

'Maar je wist het ook echt al,' zei de Magiër, 'zo is de Traditie van de Zon.'

Hij zal niet toegeven dat Wicca een goede Meester is, dacht Brida. Ze dronk nog een glas en ging door met over Wicca te praten. Maar de Magiër reageerde er niet meer op.

'Vertel me eens over jullie liefde,' zei ze, om te zien of ze hem uit de tent kon lokken. Eigenlijk wilde ze er helemaal niets over weten, vond het eigenlijk helemaal niet leuk er iets over te horen. Maar het was de meest adequate manier om een reactie te krijgen.

'Het was een jeugdliefde. We behoorden tot een generatie die geen grenzen kende, die van de Beatles en de Rolling Stones hield.'

Ze was verbaasd dat te horen. De drank maakte haar eerder gespannen dan ontspannen. Dit soort vragen had ze steeds willen stellen en nu merkte ze dat de antwoorden haar niet blij maakten.

'In de tijd van de Stones en de Beatles hebben we elkaar ontmoet,' ging hij verder, zonder iets in de gaten te hebben. 'We waren allebei op zoek naar onze wegen en we kwamen elkaar tegen, toen we bij dezelfde Meester in de leer gingen. Samen namen we kennis van de Traditie van de Zon, van de Traditie van de Maan, en we werden Meester, ieder op zijn eigen manier.'

Brida besloot door te vragen. Twee flessen wijn kunnen twee vreemden tot de twee grootste boezemvrienden maken. En wijn maakt moedig.

'Waarom zijn jullie uit elkaar gegaan?'

De Magiër, die aan de beurt was, ging een nieuwe fles bestellen, ze zag het en ze werd nog meer gespannen. Ze zou het vreselijk vinden om te horen dat hij nog steeds op Wicca verliefd was.

'We gingen uit elkaar omdat we over het Andere Deel leerden.'

'Als jullie niet over de lichtende stippen of over de glans in de ogen hadden geweten, zouden jullie dan nog bij elkaar zijn?'

'Geen idee. Ik weet alleen dat, als we dat wél zouden zijn, dat voor geen van ons beiden goed zou zijn. We begrijpen het leven en het Universum pas wanneer we ons Andere Deel vinden.'

Brida wist even niet wat ze moest zeggen. De Magiër hervatte het gesprek.

'We gaan,' zei hij, nadat hij alleen maar een klein slokje van de derde fles had geproefd. 'Ik heb behoefte aan een frisse neus.'

Hij is dronken aan het worden, en daarbij is hij bang, dacht zij. Ze voelde zich trots op zichzelf – ze kon beter tegen drank dan hij, en ze was allerminst bang haar controle te verliezen. Ze was die avond uit om zich te vermaken.

'Laten we nog even blijven. Ik ben de Koning van de Avond.'

De Magiër dronk nog een glas. Maar hij wist dat hij aan zijn maximum zat.

'Je vraagt niets over mij,' zei ze uitdagend. 'Ben je dan helemaal niet nieuwsgierig? Of kun je door de machten die je hebt, alles zien?'

Even had ze het gevoel dat ze te ver ging, maar het kon haar niet schelen. Het viel haar alleen op dat de ogen van de Magiër veranderd waren, ze hadden een heel andere glans. Iets in Brida scheen open te gaan – of beter, ze had het gevoel dat er een muur omviel, dat vanaf nu alles geoorloofd zou zijn. Ze herinnerde zich de laatste keer dat ze samen waren geweest, hoe ze toen graag dicht bij hem was en hoe kil hij toen tegen haar had gedaan. Nu drong het tot haar door dat ze deze avond niet daar was om hem te bedanken. Ze was gekomen om wraak te nemen. Om tegen hem te zeggen dat ze de Kracht had ontdekt met een andere man, een man van wie ze hield.

Waarom moet ik me zo nodig op hem wreken? Waarom ben ik boos op hem? Die vragen stelde ze zich, maar de wijn maakte het haar onmogelijk daar een helder antwoord op te geven.

De Magiër keek naar het meisje dat voor hem zat. Hij voelde het verlangen opkomen haar zijn Macht te tonen, maar het ook weer wegzakken. Een dag als deze, vele jaren geleden, had zijn hele leven veranderd. In die tijd had je inderdaad de Beatles en de Rolling Stones. Maar je had ook mensen die onbekende krachten zochten, zonder erin te geloven, ze gebruikten magische krachten omdat ze die sterker vonden dan hun eigen machten, en ze meenden dat ze uit de Traditie konden stappen zodra die hen niet langer kon boeien. Hij was een van hen. Hij was de heilige wereld binnengetreden via de Traditie van de Maan, had de rituelen geleerd en was de brug overgestoken tussen het zichtbare en het onzichtbare.

Aanvankelijk ging hij met deze krachten aan de slag aan de hand van boeken, zonder hulp van anderen. Vervolgens ontmoette hij zijn Meester. Meteen bij de eerste ontmoeting zei de Meester tegen hem dat hij er beter aan deed de Traditie van de Zon te leren – maar de Magiër wilde dat niet. De Traditie van de Maan was fascinerender, omvatte aloude rituelen en de wijsheid van de tijd. De Meester leerde hem toen de Traditie van de Maan en vertelde daarbij dat hij misschien via deze weg tot de Traditie van de Zon zou komen.

In die tijd was hij vol zelfvertrouwen, vol vertrouwen over zijn leven, zeker van zijn succes bij de vrouwen. Hij had een schitterende carrière voor de boeg en was van plan de Traditie van de Maan aan te wenden voor het bereiken van zijn doelen. Om over dat recht te mogen beschikken stelde de hekserij als eerste voorwaarde dat hij tot Meester gewijd werd. En als tweede voorwaarde dat hij zich te allen tijde zou houden aan de enige beperking die de Meesters van de Traditie van de Maan was opgelegd: nooit de wil van een ander te manipuleren. Hij mocht zijn weg door deze wereld banen en daarbij van zijn magische kennis gebruikmaken, maar hij mocht anderen die hij op zijn weg vond niet wegjagen of hen dwingen tot een andere weg. Dat was het enige verbod, de enige boom wiens vruchten hij niet mocht eten.

Alles ging goed tot hij verliefd werd op een leerlinge van zijn Meester, en zij ook verliefd werd op hem. Allebei kenden ze de Tradities; hij wist dat hij niet haar man was, en zij dat ze niet zijn vrouw was. Desalniettemin gaven ze zich aan elkaar over, en lieten het aan het leven over om hen te scheiden als het zover was. Dit alles verminderde hun toewijding aan elkaar geenszins, maar leidde ertoe dat ze leefden als was ieder moment het laatste en dat de liefde tussen hen de intensiteit kreeg van dingen die eeuwig worden omdat ze weten dat ze sterven zullen.

Totdat zij op een dag een andere man tegenkwam. Iemand die de Tradities niet kende, en die evenmin een lichtende stip op zijn schouder had of de glanzende ogen had die het Andere Deel verraadden. Ze werd verliefd, temeer omdat de liefde zich allerminst door verstandelijke overwegingen laat leiden; wat haar betrof was haar tijd met de Magiër ten einde.

Ze discussieerden, maakten ruzie, hij bad en smeekte. Hij accepteerde alle vernederingen die verliefde mensen nou eenmaal accepteren. Hij leerde dingen waarvan hij nooit gedroomd had dat hij ze – door de liefde – zou leren: hoop, angst en aanvaarding. 'Hij heeft het licht op de schouder niet, je hebt het me zelf gezegd,' probeerde hij haar te overtuigen. Maar het kon haar niet schelen – voor ze haar Andere Deel zou ontmoeten, wilde ze de mannen en de wereld leren kennen.

De Magiër stelde een limiet aan zijn verdriet. Zodra hij die zou bereiken, zou hij de vrouw uit zijn hoofd zetten. Op een dag was de limiet bereikt, door iets wat hij zich nu niet meer herinnerde – maar in plaats van dat hij haar uit zijn hoofd zette, ontdekte hij dat zijn Meester gelijk had, dat emoties wild zijn en zich slechts met de nodige wijsheid laten beteugelen. Zijn hartstocht bleek sterker dan alle jaren die hij aan de studie van de Traditie van de Maan had gewijd, sterker dan alles wat hij had geleerd om zijn geest in bedwang te houden, sterker dan de strikte discipline waaraan hij zich had moeten onderwerpen om te komen waar hij gekomen was. De hartstocht was een blinde kracht, en het enige wat zij hem in zijn oor fluisterde was dat hij die vrouw niet verliezen mocht.

Hij kon niets tegen haar ondernemen; zij was ook een Meester, net als hij – en ze kende haar metier door de vele reïncarnaties, waarvan sommige een en al erkenning en roem waren geweest en andere waren getekend door vuur en door lijden. Zij zou weten hoe ze zich moest beschermen.

Maar in die woedende strijd van zijn hartstocht was er een derde persoon. Een man die in dit mysterieuze weefsel van het lot gevangenzat, in dit spinnenweb dat magiërs noch heksen in staat zijn te begrijpen. Een gewone man, die misschien even hartstochtelijk verliefd op die vrouw was als hij, en die haar ook gelukkig wilde maken, haar ook het beste van zichzelf wilde geven. Een gewone man die door Gods mysterieuze wegen plotseling midden in de woedende strijd tussen een man en een vrouw geworpen was, in de strijd tussen een man en een vrouw die de Traditie van de Maan kenden.

Op een nacht, toen hij zijn verdriet niet langer aankon, at hij de vrucht van de verboden boom. Gebruikmakend van de machten en de kennis die de Wijsheid van de Tijd hem had geleerd, joeg hij die man weg van de vrouw van wie hij hield.

Tot nu toe was hem niet duidelijk of de vrouw hiervan op de hoogte was; het was goed mogelijk dat ze toen al genoeg had gehad van haar nieuwe verovering, en het voorval haar betrekkelijk koud had gelaten. Maar zijn Meester wist ervan. Zijn Meester wist altijd alles, en de Traditie van de Maan was tegenover Ingewijden die Zwarte Magie aanwendden, onverbiddelijk, met name wanneer het ging om het belangrijkste en kwetsbaarste van de mensheid: de Liefde.

Toen hij door zijn Meester ter verantwoording werd geroepen, kreeg hij te horen dat de heilige eed die hij had afgelegd onmogelijk verbroken kon worden. Dat de krachten die hij meende te beheersen en te kunnen aanwenden, veel machtiger waren dan hij. Dat hij zich op een weg bevond die hij zelf gekozen had, maar dat het geen weg was als een willekeurige andere; dat het onmogelijk was deze te verlaten. Dat deze weg tijdens deze reïncarnatie zijn lot was en dat hij zich in dit leven niet van dit lot zou kunnen ontdoen.

Op de fout die hij had begaan stond een prijs. En de prijs was dat hij de wreedste van alle vergiffen zou drinken – de eenzaamheid –, totdat de Liefde begreep dat hij zich weer veranderd had in een Meester. Dan zou dezelfde Liefde als die hij had gekwetst, hem weer bevrijden en hem ten slotte zijn Andere Deel laten zien.

'Je hebt niets over mij gevraagd. Ben je dan helemaal niet nieuwsgierig? Of kun je met de machten, die jij hebt, alles "zien"?'

Hij overzag zijn leven in een fractie van een seconde, de tijd die nodig was om te beslissen of hij de dingen moest laten gebeuren zoals ze in de Traditie van de Zon gingen, óf dat hij over de lichtende stip moest beginnen en in het lot moest ingrijpen.

Brida wilde een heks zijn, maar ze was het nog niet. Hij dacht aan de hut hoog in de boom, waar hij op het punt had gestaan erover te beginnen – nu was hij ten prooi aan dezelfde bekoring, omdat hij zijn zwaard had laten zakken, vergeten was dat de duivel in de details zit. De mensen zijn baas over hun eigen lot. Ze kunnen steeds weer dezelfde fouten begaan. Ze kunnen steeds weer wegvluchten voor alles wat ze verlangen en voor wat het leven genereus op hun pad brengt.

Of ze kunnen vertrouwen op Gods Voorzienigheid, Gods Hand grijpen en vechten voor hun dromen en aanvaarden dat deze zich steeds op het juiste ogenblik aandienen.

'We gaan,' herhaalde de Magiër. En Brida zag dat het hem ernst was.

Zij stond erop de rekening te betalen; zij was de Koning van de Avond. Ze trokken hun jassen aan en stapten de kou in die nu niet meer zo erg was – over enkele weken was het al lente.

Ze liepen naar de halte. Er stond een bus klaar die over een paar minuten vertrekken zou. De kou maakte dat Brida's irritatie overging in een enorm gevoel van verwarring, iets wat ze niet kon verklaren. Ze wilde de bus niet in – ze voelde zich niet goed, het was alsof ze het belangrijkste doel van de avond verknald had. Voor ze wegging moest ze alles rechtzetten. Ze was gekomen om hem te bedanken, en ze had zich hetzelfde gedragen als de voorgaande keren.

Ze zei dat ze misselijk was en stapte niet in.

Er ging een kwartiertje voorbij. Er kwam een nieuwe bus.

'Ik wil nu niet gaan,' zei ze. 'Niet omdat ik me niet goed voel vanwege de drank. Maar omdat ik alles verknald heb. Ik heb je niet bedankt zoals het hoort.'

'Dit is de laatste bus van vanavond,' zei de Magiër.

'Ik neem straks wel een taxi. Dan kost het maar wat.'

Toen de bus vertrokken was, had Brida spijt dat ze gebleven was. Ze was in de war, ze had geen idee van wat ze werkelijk wilde. Ik ben dronken, dacht ze.

'Laten we een stukje lopen. Ik wil nuchter zien te worden.'

Ze liepen door het uitgestorven dorp, de straatlantarens brandden, de vensters waren donker. Dit kan niet, dacht ze, ik heb de glans in Lorens' ogen gezien en toch wil ik hier blijven, bij deze man. Ze was een ordinaire, labiele vrouw, de lessen en ervaringen van de hekserij onwaardig. Ze schaamde zich voor zichzelf: een paar slokken wijn, en Lorens en het Andere Deel en alles wat ze in de Traditie van de Maan had geleerd waren niet langer belangrijk. Even dacht ze dat ze zich misschien had vergist – dat de glans in Lorens' ogen niet helemaal dezelfde was als de Traditie van de Zon leerde. Maar ze was bezig zichzelf voor de gek te houden; iedereen herkent de glanzende ogen van zijn Andere Deel.

Zou ze bijvoorbeeld in het theater zijn, met een heleboel mensen, en Lorens was er ook en ze had nooit eerder met hem gesproken, dan zou ze, op het moment dat ze elkaar aankeken, volstrekt zeker hebben geweten dat ze zich tegenover de man van haar leven bevond. Ze zou hem kunnen benaderen, hij zou ervoor openstaan, want de Tradities vergissen zich niet, de Andere Delen vinden elkaar uiteindelijk altijd. Voordat ze hierover wist, had ze al over Liefde op het Eerste Gezicht gehoord, een verschijnsel dat niemand goed kon verklaren.

Ieder mens kon deze glans herkennen, zelfs zonder enige magische kracht op te wekken. Ze wist van deze glans voordat ze ervan hoorde. Ze had de glans bijvoorbeeld in de ogen van de Magiër gezien, de middag dat ze voor het eerst naar het café waren gegaan.

Ze bleef plotsklaps staan.

Ik ben dronken, dacht ze opnieuw. Dit moest ze snel vergeten. Ze moest haar geld tellen, nagaan of ze wel voldoende had om met de taxi terug te gaan. Dat was belangrijk.

Maar ze had de glans in de ogen van de Magiër gezien. De glans die haar haar Andere Deel aanwees.

'Je ziet bleek,' zei de Magiër, 'je hebt waarschijnlijk te veel gedronken.'

'Dat gaat wel over. Als we maar even gaan zitten. Daarna ga ik naar huis.'

Ze gingen op een bank zitten en ondertussen woelde ze in haar tasje en zocht ze naar kleingeld. Ze kon nu gewoon opstaan, een taxi nemen en hier nooit meer terugkomen; ze kende haar Meester, wist waar ze haar weg moest voortzetten. Ze kende ook haar Andere Deel; als ze besluiten zou van die bank op te staan en weg te gaan, dan was ze nog steeds bezig de missie te vervullen die God haar had toebedacht.

Ze was eenentwintig. Maar met haar eenentwintig jaar wist ze al dat je twee Andere Delen kon tegenkomen tijdens dezelfde reïncarnatie, en het gevolg daarvan was verdriet en lijden.

Hoe zou ze daarvoor kunnen vluchten?

'Ik ga niet naar huis,' zei ze, 'ik blijf.'

De ogen van de Magiër schitterden en wat eerder alleen hoop was, werd nu zekerheid.

Ze liepen verder. De Magiër zag hoe Brida's aura meerdere keren van kleur veranderde, en hij hoopte vurig dat ze op de juiste weg was. Hij wist dat het op dat moment in de ziel van zijn Andere Deel een geweld was van donder en aardbevingen – maar zo was nu eenmaal het proces van verandering. Zo veranderden de aarde, de sterren, en de mensen.

Ze gingen het dorp uit. Ze liepen in de richting van de bergen waar ze elkaar steeds hadden ontmoet, toen Brida midden in de velden wilde stoppen.

'Laten we dit pad nemen,' zei ze en ze sloeg een pad in dat naar een tarweveld leidde. Ze wist niet waarom ze dat deed. Voelde alleen dat ze behoefte had aan de kracht van de natuur, aan de geesten die haar vrienden waren en die sinds de schepping van de wereld de mooie plekken van de planeet bewoonden. Aan de hemel schitterde een enorme maan waardoor ze het pad en het veld om hen heen konden zien.

De Magiër volgde Brida. Hij zei niets. In het diepst van zijn hart dankte hij God dat hij geloof had gehad. Dat hij niet weer de fout had begaan die hij toch bijna opnieuw had begaan – even voordat hij ontvangen had waar hij om bad.

Ze gingen het tarweveld in dat onder het maanlicht veranderde in een zilverachtige zee. Brida liep zonder vooropgezet plan, wist niet wat haar volgende stap zou zijn. Een stem in haar zei dat ze rechtdoor kon lopen, dat ze een even sterke vrouw was als haar voorgangsters – en dat ze zich geen zorgen moest maken, zij waren daar om haar stappen te leiden en haar te beschermen met de Wijsheid van de Tijd.

Midden in het veld bleven ze staan. Ze waren omringd door bergen. Op een van de bergen was een steen vanwaar je goed de zonsondergang kon zien, een jachthut die hoger gelegen was dan alle andere, en een plek waar op een nacht een meisje de confrontatie was aangegaan met angst en duisternis.

Ik heb me overgegeven, dacht ze bij zichzelf. Ik heb me overgegeven en ik weet dat ik beschermd ben. Ze dacht aan de brandende kaars in haar huis, het verbond met de Traditie van de Maan.

'Hier is het goed,' zei ze en ze bleef staan.

Ze pakte een tak, trok daarmee een grote cirkel op de grond en zei ondertussen heilige namen die haar Meester haar had geleerd. Ze had haar rituele dolk niet bij zich, geen van haar heilige voorwerpen, maar haar voorgangsters waren daar en die zeiden dat ze om niet op de brandstapel te sterven toentertijd hun keukengerei hadden gewijd.

'Alles op de wereld is heilig,' zei ze. De tak was heilig.

'Ja,' antwoordde de Magiër, 'alles op deze wereld is heilig. En een zandkorrel kan een brug naar het onzichtbare zijn.'

'Maar op dit moment is mijn Andere Deel de brug naar het onzichtbare,' antwoordde Brida.

Zijn ogen vulden zich met tranen. God was rechtvaardig.

Ze traden de cirkel binnen en zij sloot de cirkel op rituele wijze. Hij was de bescherming die magiërs en heksen sinds onheuglijke tijden gebruikten.

'Jij was zo genereus mij jouw wereld te laten zien,' zei Brida, 'ik doe dit nu, dit ritueel, om te laten zien dat ik tot jouw wereld behoor.'

Ze hief haar armen naar de maan en riep de magische krachten van de natuur aan. Ze had haar Meester dit meermaals zien doen, als ze in het bos waren – maar nu was zij het die het deed, en zo wist ze dat er niets fout zou kunnen gaan. De krachten vertelden haar dat ze niets hoefde te leren, dat het voldoende was zich de vele momenten en vele levens als heks te herinneren. Toen bad ze dat de oogst overvloedig mocht zijn, en dat deze akker altijd vruchtbaar mocht blijven. Daar stond zij, de priesteres die in vroegere tijden de kennis van de grond verbonden had met de verandering van het zaad en gebeden had terwijl haar man de aarde bewerkte.

De Magiër liet het aan Brida over om de eerste stappen te doen. Hij wist dat hij op een bepaald moment de leiding moest overnemen; maar hij wilde ook dat in de ruimte en tijd geschreven zou staan dat zij het was die het proces in gang had gezet. Zijn Meester, die op dat ogenblik in het astrale verkeerde, in afwachting van zijn volgende leven, was ongetwijfeld nu in het tarweveld, zoals hij ook in het café was geweest, tijdens zijn laatste bekoring – en hij zou vast tevreden zijn, omdat hij van zijn lijden geleerd had. Stil luisterde hij naar de aanroepingen van Brida, tot ze stopte.

'Ik weet niet waarom ik dit heb gedaan. Maar ik vervul mijn deel.'

'Ik ga verder,' zei hij.

Hij draaide zich naar het noorden toe en bootste het gezang na van de vogels die nu nog slechts in mythen en legenden bestaan. Enkel en alleen dit detail had ontbroken – Wicca was een goede Meester en had haar alles geleerd behalve het einde.

Toen de roep van de heilige pelikaan en van de feniks klonk, vulde de hele cirkel zich met licht, een mysterieus licht, dat buiten de cirkel niets verlichtte, maar dat niettemin licht was. De Magiër keek naar zijn Andere Deel en daar was zij, schitterend, in haar eeuwige lichaam, met een volledige aura van goud en met lichtvezels die uit haar navel en uit haar voorhoofd kwamen. Hij wist dat zij hetzelfde zag en ook de lichtende stip boven zijn linkerschouder zag, al was deze wel een beetje vervormd vanwege de wijn die ze hadden gedronken.

'Mijn Andere Deel,' zei ze zachtjes toen ze de stip opmerkte.

'Ik zal met jou door de Traditie van de Maan heen gaan,'

zei de Magiër. En onmiddellijk veranderde het tarweveld om hen heen in een grijze woestijn, waar een tempel was met een gigantische toegangsdeur en daarvoor witgeklede vrouwen die dansten. Brida en de Magiër keken naar dit alles vanaf de top van een duin. Ze wist niet of de vrouwen haar konden zien.

Brida voelde de Magiër naast zich, wilde vragen wat het visioen betekende, maar ze kon geen woord uitbrengen. Hij zag de angst in haar ogen en ze keerden terug naar de lichtcirkel in het tarweveld.

'Wat was dat?' vroeg zij.

'Een geschenk van mij aan jou. Het is een van de elf geheime tempels van de Traditie van de Maan. Een geschenk uit liefde, uit dankbaarheid dat jij bestaat, en dat ik zo lang op jou heb gewacht.'

'Neem me mee,' zei ze, 'leer me door jouw wereld te gaan.'

En ze reisden door de tijd, door de ruimte, door de Tradities. Brida zag bloeiende velden, dieren die ze alleen uit boeken kende, mysterieuze burchten en steden die op wolken van licht leken te zweven. De hemel werd een en al licht, toen de Magiër boven het tarweveld de heilige symbolen van de Traditie voor haar tekende. Op een bepaald ogenblik leek het alsof ze zich op een van de aardpolen bevonden, een landschap dat geheel bedekt was met ijs, maar het was niet op de aarde zelf; andersoortige schepselen, kleiner, met langere vingers en andere ogen, werkten aan een gigantisch ruimteschip. Telkens als ze een opmerking tegen hem wilde maken, verdwenen de beelden en werden vervangen door nieuwe. Brida begreep met haar vrouwenziel dat deze man haar alles probeerde te tonen wat hij in al die jaren geleerd had, en dat hij waarschijnlijk al die dingen bewaard had, alleen maar om ze aan haar te kunnen schenken. Maar hij kon zich zonder enige angst aan haar overgeven, want hij was haar Andere Deel. Ze kon met hem over de Elysische Velden reizen waar de verlichte zielen woonden en waar de zielen van degenen die nog de verlichting zoeken af en toe op bezoek gaan om zich te voeden met hoop.

Ze kon niet precies aangeven hoeveel tijd verstreken was tot ze zichzelf weer in de cirkel, die ze zelf had getrokken, terugzag samen met het lichtende wezen. Ze had de liefde al vaker ervaren, maar tot deze nacht betekende de liefde ook altijd angst. Die angst, hoe gering ook, was steeds een sluier – waardoorheen ze bijna alles kon zien, maar kleuren niet. En op dat moment, met haar Andere Deel tegenover zich, begreep ze dat de liefde een gevoel was dat sterk met kleuren verbonden was – alsof het duizenden op elkaar gestapelde regenbogen waren.

Hoeveel ben ik wel niet verloren uit angst om te verliezen, dacht ze terwijl ze naar de regenbogen keek.

Ze lag, het lichtende wezen boven haar, met een lichtstip boven zijn linkerschouder, en glanzende vezels die uit zijn voorhoofd en navel kwamen.

'Ik wilde met je praten en het ging niet,' zei ze.

'Het komt door de drank,' antwoordde hij.

Dat was voor Brida een verre herinnering: het café, de wijn, en het gevoel dat ze ergens geïrriteerd over was, wat ze niet accepteren wilde.

'Dankjewel voor de visioenen.'

'Het waren geen visioenen,' zei het lichtende wezen, 'je hebt de wijsheid van de Aarde gezien en van een verre planeet.'

Over dit soort dingen wilde Brida niet praten. Ze wilde geen les. Ze wilde het alleen hebben over wat ze net had ervaren.

'Ben ik ook zo'n lichtend schepsel?'

'Ja, net als ik. Dezelfde kleur, hetzelfde licht. En dezelfde energiedraden.'

De kleur was nu goud, en de energiedraden uit navel en

voorhoofd hadden een glanzende, helblauwe kleur.

'Ik heb het gevoel dat we verloren waren en nu zijn we veilig,' zei Brida.

'Ik ben moe. We moeten terug. Ik heb ook veel gedronken.'

Brida wist dat er ergens een wereld bestond met cafés, tarwevelden en bushaltes. Maar ze wilde niet terug – het enige wat ze wilde was daar voorgoed blijven. Ze hoorde een verre stem aanroepingen uitvoeren en het licht om haar heen werd langzaam minder – tot het compleet was gedoofd. Boven het tarweveld schitterde weer een reusachtige maan. En daar in de maneschijn lagen zij, naakt, in elkaars armen. Ze voelden geen kou. En ze schaamden zich niet.

De Magiër vroeg Brida het ritueel te beëindigen, zij was het tenslotte ook begonnen. Brida sprak de woorden uit die ze kende, en hij hielp haar daarbij. Toen alle formules gezegd waren, opende zij de magische cirkel. Ze kleedden zich aan en gingen op de grond zitten.

'Laten we gaan,' zei Brida na een poos. De Magiër stond op en zij ook. Ze wist niet wat ze moest zeggen – ze was lusteloos en hij ook. Ze hadden elkaar hun liefde verklaard en nu, zoals bij ieder paar dat deze ervaring doormaakt, ontweken hun blikken elkaar.

Het was de Magiër die de stilte verbrak.

'Je moet terug naar de stad. Ik weet waar ik een taxi bestellen kan.'

Brida wist niet of ze teleurgesteld of opgelucht was over zijn opmerking. Het blije gevoel maakte langzaam plaats voor hoofdpijn en misselijkheid. Ze wist dat ze die nacht geen aangenaam gezelschap zou zijn.

'Goed,' antwoordde ze.

Via een ander pad keerden ze terug naar het dorp. Vanuit een telefooncel belde hij een taxi. Daarna zaten ze op de stoeprand tot de taxi kwam.

'Ik wil je bedanken voor deze avond,' zei ze.

Hij zei niets.

'Ik weet niet of het Equinoxfeest alleen voor heksen is. Maar het is voor mij een belangrijke dag.'

'Een feest is een feest.'

'Nou, dan zou ik jou graag uitnodigen.'

Hij maakte een gebaar alsof hij het er verder niet over hebben wilde. Waarschijnlijk dacht hij op dat moment hetzelfde als zij – hoe moeilijk het is om, als je je Andere Deel hebt gevonden, er meteen weer van te scheiden. Zij zou terugkeren – want haar hart gaf dat aan. Maar de eenzaamheid van het woud is moeilijker te verdragen dan de eenzaamheid van de stad.

'Ik weet niet of liefde plotseling ontstaat,' ging Brida verder, 'maar ik weet dat ik ervoor opensta. Er klaar voor ben.'

De taxi kwam. Brida keek nog eens naar de Magiër, en vond dat hij er jaren jonger uitzag.

'Ik ben ook klaar voor de Liefde,' was alles wat hij zei.

Het was een ruime keuken met smetteloos schone ramen waardoor de zon naar binnen scheen.

'Heb je lekker geslapen, meisje?'

Haar moeder zette een kop warme chocolademelk op de tafel, bij de toast en de kaas, en ging terug naar het fornuis, om eieren met spek te bakken.

'Lekker. Is mijn jurk al klaar? Ik heb hem nodig voor het feest, overmorgen.'

Haar moeder bracht de eieren met spek en ging zitten. Ze wist dat het op de een of andere manier niet goed ging met haar dochter, maar ze kon niets doen. Ze zou graag met haar praten, op een manier zoals ze nooit eerder met haar had gesproken, maar het zou weinig helpen. Buiten was een nieuwe wereld, die zij niet kende.

Ze was bang, want ze hield van haar dochter en zij was helemaal alleen in die nieuwe wereld.

'Is de jurk dan klaar, mama?' drong Brida aan.

'Voor het middageten,' antwoordde ze. En dat maakte haar gelukkig. In bepaalde dingen was de wereld niet veranderd: althans sommige problemen losten moeders nog steeds voor hun dochters op.

Even aarzelde ze, maar ze vroeg het toch.

'Hoe is het met Lorens, meisje?'

'Goed. Hij komt me vanmiddag ophalen.'

Ze was opgelucht en verdrietig tegelijkertijd. Hartsproblemen zijn een kwelling voor de ziel, en ze dankte God dat haar dochter daar nu niet onder te lijden had. Maar van de andere kant was het misschien wel het enige waar zij haar bij helpen kon; wat de liefde aanging was in de loop der eeuwen maar heel weinig veranderd.

Ze gingen naar buiten voor een wandeling door het dorp waar Brida haar jeugd had doorgebracht. De huizen waren nog steeds dezelfde en de mensen deden nog steeds hetzelfde. Ze kwamen een paar van Brida's vriendinnen van de middelbare school tegen, die tegenwoordig óf bij de bank werkten óf in de kantoorboekhandel. Iedereen kende elkaar bij naam en Brida werd van alle kanten gegroet; sommigen zeiden dat ze groot was geworden, anderen wilden per se gezegd hebben dat ze een knappe vrouw was geworden. Om tien uur 's ochtends dronken ze thee in hetzelfde restaurant als waar zij, de moeder, voordat ze haar man had ontmoet, iedere zaterdag gekomen was – in de hoop op een ontmoeting, een nieuwe liefde, op zoek naar iets wat een einde zou maken aan de sleur.

Terwijl ze alle nieuws over iedereen de revue lieten passeren, nam ze haar dochter nog eens goed op. Ze was blij dat Brida nog steeds in het dorp geïnteresseerd bleek.

'Ik heb de jurk vandaag nodig,' herhaalde Brida. Het leek wel of ze zich ergens zorgen om maakte, maar het kon moeilijk om de jurk zijn. Ze wist dat haar moeder haar nooit zou teleurstellen.

Ze moest het toch maar wagen en de vragen stellen waar kinderen altijd een hekel aan hebben, omdat ze onafhankelijk zijn en vrij, in staat hun eigen problemen op te lossen.

'Zit je ergens mee, meisje?'

'Heb jij ooit van twee mannen tegelijkertijd gehouden, mama?' Er klonk iets verwijtends in haar stem, alsof de wereld het alleen op haar had voorzien.

Haar moeder doopte haar koekje in haar thee, en at het smakelijk op. Haar ogen bewogen snel heen en weer als zocht ze een bijna vergeten tijd.

'Ja, jawel.'

Brida keek haar verbaasd aan.

Haar moeder glimlachte. Ze stelde voor om verder te wandelen.

'Jouw vader was mijn eerste en mijn grootste liefde,' zei ze bij het verlaten van het restaurant. 'Met hem ben ik gelukkig. Toen ik nog een heel stuk jonger was dan jij, had ik alles al waarvan ik droomde. In die tijd geloofden zowel mijn vriendinnen als ik dat de liefde de enige zin van het leven was. Wie het niet zou lukken iemand te vinden, zou onmogelijk kunnen zeggen dat ze haar dromen verwezenlijkt had.'

'Niet zo uitweiden, mama,' zei Brida ongeduldig.

'Ik had uiteenlopende dromen. Ik droomde er bijvoorbeeld van om hetzelfde te doen als wat jij hebt gedaan: naar de grote stad gaan, de wereld buiten het dorp leren kennen. De enige manier om mijn ouders zover te krijgen dat ze dat zouden accepteren, was zeggen dat een of andere opleiding hier in de omgeving niet bestond en ik daarom naar elders moest.

Ik lag heel wat nachten wakker van het gesprek dat ik met hen zou hebben. Ik wikte en woog iedere zin die ik zou zeggen, stelde me voor wat hun antwoord zou zijn en hoe en met welke tegenargumenten ik dan zou reageren.'

Zo had haar moeder nog nooit gesproken. Brida luisterde vol tederheid, en voelde een beetje spijt. Ze hadden vaker zulke momenten kunnen hebben – maar ze waren allebei verankerd in hun eigen wereld, hadden hun eigen normen en waarden.

'Twee dagen voor dat gesprek met hen, leerde ik jouw vader kennen. Ik keek in zijn ogen, en die hadden een bijzondere glans, het was alsof ik degene was tegengekomen die ik in mijn leven het liefst wilde tegenkomen.'

'Ik weet wat je bedoelt, mama.'

'Nadat ik je vader had leren kennen, begreep ik ook dat mijn zoeken voorbij was. De wereld hoefde voor mij niet verder verklaard te worden, ik voelde me ook niet langer gefrustreerd dat ik hier leefde, tussen altijd maar dezelfde mensen, en dat ik steeds dezelfde dingen deed. Iedere dag was weer anders, vanwege de onmetelijke liefde die wij voor elkaar voelden.

We verloofden ons en trouwden. Van mijn dromen om in een grote stad te wonen en om andere plaatsen en andere mensen te leren kennen, heb ik hem nooit iets verteld. Omdat plotseling de hele wereld in mijn dorp bleek te passen. De liefde bood de verklaring voor mijn leven.'

'Maar er was nóg iemand, zei je, mama.'

'Ik wil je iets laten zien,' was het enige wat ze zei.

Ze liepen naar het begin van een monumentale trap, die naar de enige katholieke kerk van het dorp voerde, een kerk die tijdens verscheidene godsdienstoorlogen was verwoest en telkens weer was opgebouwd. Brida was daar iedere zondag naar de mis gegaan, en als klein kind was het oplopen van al die treden een ware kwelling geweest. Aan het begin van de trapleuningen stonden beelden van heiligen – links de heilige Paulus en rechts de apostel Jacobus –, die behoorlijk gehavend waren als gevolg van het weer en de toeristen. De bodem was bedekt met dorre bladeren, alsof op die plek de herfst er al aan kwam – in plaats van de lente.

De kerk lag op de top van de heuvel, vanaf de plek waar ze stonden was hij onmogelijk te zien, vanwege de bomen. Haar moeder ging op de onderste tree zitten en nodigde Brida uit om hetzelfde te doen.

'Hier was het,' zei haar moeder. 'Op een middag besloot ik, waarom weet ik niet meer, te gaan bidden. Ik had behoefte om alleen te zijn, om eens wat dieper over mijn leven na te denken, en ik vond dat de kerk, ginds boven, daar een goede plek voor was.

Maar toen ik hier beneden aankwam, trof ik een man. Hij zat waar jij nu zit, twee koffers naast zich, en hij scheen niet te weten waar hij was – vertwijfeld was hij bezig iets op te zoeken in een boek dat hij in zijn handen had. Ik dacht dat het een toerist was die een hotel zocht en ging naar hem toe. Ik was degene die het gesprek begon. Aanvankelijk was hij een beetje nerveus, maar al snel was hij aan mij gewend.

Hij zei nee, dat hij niet verdwaald was. Hij was archeoloog, met zijn auto op weg naar het noorden, waar ze ruïnes hadden gevonden. Maar de motor had het begeven. Er was een monteur onderweg, en hij had van het oponthoud gebruikgemaakt om de kerk te bezichtigen. Hij stelde me vragen over het dorp, de omliggende dorpen en de historische monumenten.

Plotseling, als door een wonder, verdwenen de problemen die ik die middag had. Ik voelde me nuttig en begon hem alles te vertellen wat ik wist. Ik werd me ervan bewust dat de vele jaren die ik in deze streek had gewoond, ineens betekenis kregen. Ik bevond me tegenover een man die mensen en volken bestudeerde, die in staat was om alles wat ik als kind had gehoord en ontdekt te bewaren voor altijd, voor de toekomstige generaties. Die man op de trap liet me beseffen hoe belangrijk ik was voor de wereld en voor de geschiedenis van mijn land. Ik voelde me nodig, en dat is een van de beste ervaringen die een mens kan hebben.

Toen ik ophield over de kerk te vertellen, ging het gesprek verder over andere dingen. Ik vertelde hem hoe trots ik op mijn dorp was, en hij antwoordde met een zin van een schrijver – zijn naam ben ik kwijt – die luidde: "Als je goed over je dorp vertelt, kun je ervan op aan dat je de hele wereld bereikt."'

'Leo Tolstoj,' zei Brida.

Maar haar moeder reisde nu door de tijd, zoals Brida ook op een dag had gedaan. Alleen zij had daarvoor geen kathedralen in de ruimte, onderaardse bibliotheken en stoffige boeken nodig; de herinnering aan een middag in de lente en aan een man met twee koffers op de trap was voldoende.

'We hebben een hele poos gepraat. Ik had de hele middag om met hem door te brengen, maar er kon elk moment een monteur arriveren. En ik besloot iedere seconde maximaal te benutten. Ik vroeg hem over zijn wereld, de opgravingen, over wat hem aantrok om in het heden naar het verleden te zoeken. Hij had het over krijgers, wijzen en piraten: de vroegere bewoners van deze streken.

Toen ik me weer bewust werd van mezelf, stond de zon al bijna aan de horizon, en nog nooit, mijn hele leven niet, was een middag zo snel voorbijgegaan.

Ik begreep dat hij hetzelfde voelde. Hij bleef maar vragen stellen, wilde het gesprek gaande houden, en ik kreeg geen tijd om te zeggen dat ik weg moest. Hij praatte aan één stuk door, vertelde alles wat hij had meegemaakt tot op die dag, en wilde van mij hetzelfde horen. Ik zag aan zijn ogen dat hij naar me verlangde, ook al was ik toen bijna twee keer zo oud als jij nu.

Het was lente, er hing een heerlijke geur van prille dingen in de lucht, en ik voelde me weer jong. Hier in de omgeving groeit een bloem, die je alleen in de herfst ziet; nou goed, die middag voelde ik me als die bloem. Alsof plotseling in de herfst van mijn leven, toen ik dacht dat ik alles geleefd had wat ik kon leven, die man hier op deze trap opdook alleen maar om mij te tonen dat gevoelens – zoals bijvoorbeeld de liefde – niet tegelijk met het lichaam ouder worden. Gevoelens behoren tot een wereld die ik niet ken, maar het is een wereld waarin tijd noch ruimte noch grenzen bestaan.'

Ze zweeg een poos. Ze was ver weg, in de lente van toen.

'Daar was ik dan, als was ik een puber van achtendertig, en ik voelde me opnieuw begeerd. Hij wilde niet dat ik wegging. Tot hij op een bepaald moment ophield met praten. Hij keek me diep in mijn ogen, en glimlachte. Alsof hij in zijn hart begrepen had wat ik op dat moment dacht, en alsof hij me wilde zeggen dat het echt, echt waar was, dat ik heel belangrijk voor hem was. We zaten daar een tijd zonder iets te zeggen, en toen namen we afscheid. De monteur was niet gekomen.

Dagenlang heb ik mezelf afgevraagd of die man daadwerkelijk bestond, of dat hij een engel was die God had gestuurd om me de geheimen van het leven te openbaren. Uiteindelijk was mijn conclusie dat het echt een man was geweest.

Een man die me bemind had, ook al was het maar één middag, en dat hij me die middag alles gegeven had wat hij tijdens zijn hele leven bewaard had – de gevechten die hij had geleverd, de hoogtepunten die hij had gekend, de problemen en dromen die hij had gehad. Ik heb mezelf die middag ook volledig gegeven – ik was zijn vriendin, zijn echtgenote, zijn minnares, zijn publiek. In een paar uur tijd heb ik de liefde van een heel leven mogen ervaren.'

De moeder keek haar dochter aan. Ze wou dat Brida alles begrepen had. Maar eigenlijk dacht ze dat haar dochter in een wereld leefde waarin voor dit soort liefde geen plaats meer was.

'Ik ben nooit, geen enkele dag, opgehouden van je vader te houden,' besloot ze. 'Hij is altijd aan mijn zijde geweest, heeft me het beste gegeven wat hij te geven had, en ik wil bij hem zijn tot aan het eind van mijn dagen. Maar het hart is een mysterie en wat er gebeurd is zal ik nooit begrijpen. Wat ik weet is dat die ontmoeting me meer zelfvertrouwen heeft gegeven, me heeft laten zien dat ik nog in staat was te beminnen en bemind te worden, me iets heeft geleerd wat ik nooit vergeten zal: als je in je leven iets belangrijk vindt, wil dat niet zeggen dat je van al het andere hoeft af te zien.

Af en toe denk ik nog aan hem. Ik zou graag weten waar hij is, of hij gevonden heeft wat hij die middag zocht, of hij nog leeft of dat God zijn ziel tot Zich genomen heeft. Ik weet dat hij nooit terugkeert – en alleen daardoor heb ik zo intens en zo overtuigd van hem kunnen houden. Omdat ik hem nooit verliezen kon; hij heeft zich die middag volledig gegeven.'

Haar moeder stond op.

'Ik denk dat ik maar eens naar huis ga, je jurk afmaken,' zei ze.

'Ik blijf nog even,' antwoordde Brida.

Ze ging naar haar dochter toe en kuste haar liefdevol.

'Dank je dat je naar me hebt willen luisteren. Het was de eerste keer dat ik dit verhaal heb verteld. Ik ben altijd bang geweest dat ik het mee het graf in zou nemen en dat het daarmee voorgoed van de aardbodem verdwenen zou zijn. Nu zul jij het voor mij bewaren.'

Brida liep de treden op. Voor de kerk bleef ze staan. Het kleine, ronde gebouw was de trots van de streek; het was in die streken een van de allereerste heilige plaatsen van het christendom, het hele jaar door kwamen er toeristen en geleerden naartoe. Van het oorspronkelijke gebouw uit de vijfde eeuw was op een stuk van de vloer na niets over. Na iedere verwoesting waren toch gedeeltes van het bouwwerk intact gebleven en op die manier kon de bezoeker zich aan de hand van een en hetzelfde gebouw een beeld vormen van de bouwkunst door de eeuwen heen.

Binnen speelde het orgel en Brida luisterde een tijdje naar de muziek. In deze kerk waren de dingen verklaard, was het Universum precies op de plaats waar het moest zijn, en wie de poorten binnen ging hoefde zich verder nergens druk over te maken. Daarbinnen bestonden geen mysterieuze krachten die zich boven de mensen bevinden, geen Donkere Nachten waarin men geloven moet zonder dat men die begrijpt. Daar werd niet meer van brandstapels gesproken. De godsdiensten van de hele wereld leefden er samen alsof ze bondgenoten waren en ze de mens opnieuw met God verbonden. In dit vreedzame samenleven was haar land nog steeds een uitzondering – in het noorden vermoordden de mensen elkaar in naam van het geloof. Maar dat zou over enige jaren voorbij zijn; God was zo goed als verklaard. Hij was een grootmoedige vader, en iedereen was gered.

Ik ben een heks, zei ze tegen zichzelf, terwijl ze vocht tegen de steeds sterker wordende impuls om naar binnen te gaan. Zij behoorde nu tot een andere Traditie en, al was het dezelfde God, als ze door die deuren zou gaan zou ze dit oord ontwijden en er zelf door ontwijd worden.

In een poging daar niet langer aan te denken, stak ze een sigaret op en keek naar de horizon. Ze probeerde zich op haar moeder te concentreren. Ze had zin om naar huis te rennen, op haar schoot te kruipen en haar te vertellen dat ze over twee dagen ingewijd zou worden in de Grote Mysteriën van de hekserij. Dat ze door de tijd had gereisd, dat ze de seksuele kracht kende, dat ze kon weten wat zich in een etalage van een winkel bevond door alleen maar de technieken van de Traditie van de Maan aan te wenden. Ze had behoefte aan genegenheid en begrip, omdat ook zij verhalen kende die ze aan niemand vertellen kon.

Het orgel stopte met spelen en Brida hoorde opnieuw de stemmen uit het dorp, het gezang van de vogels, de wind die de takken van de bomen beukte en de komst van de lente aankondigde. Achter de kerk ging een deur open en dicht – iemand was naar buiten gegaan. Even zag ze zichzelf terug als klein kind op een zondag, staande op dezelfde plek als waar ze nu stond, zich ergerend omdat de mis zo lang duurde en zondag de enige dag was waarop ze door de velden kon hollen.

Ik moet naar binnen gaan, dacht ze. Misschien zou haar moeder begrijpen hoe ze zich voelde; maar haar moeder was nu ver weg. Voor haar lag een lege kerk. Ze had Wicca nooit gevraagd wat de rol van het christendom was in alles wat er gebeurde. Ze had het idee dat als ze de poort binnenging, ze haar op de brandstapel verbrande zusters verraadde.

Maar ikzelf ben ook op de brandstapel verbrand, zei ze tegen zichzelf. Ze herinnerde zich het gebed dat Wicca uitgesproken had op de dag waarop ze het martelaarschap van de heksen hadden herdacht. In dat gebed haalde ze Jezus en de Maagd Maria aan. De liefde stond boven alles, en de liefde kende geen haat – alleen misverstanden. Misschien hadden de mensen in een bepaalde periode besloten dat ze in Gods naam konden handelen – en hadden ze toen hun fouten begaan.

Maar God had er niets mee van doen.

Toen ze ten slotte naar binnen ging, was er niemand. Er brandden een paar kaarsen, iemand was die ochtend klaarblijkelijk bezig geweest zijn verbond te vernieuwen, een verbond met een kracht die hij alleen maar aanvoelde – en op die manier was hij de brug tussen het zichtbare en onzichtbare overgestoken. Ze betreurde wat ze eerder had gedacht; ook hier was niets verklaard, en de mensen konden niet anders dan een soort weddenschap met zichzelf afsluiten en de Donkere Nacht van het Geloof binnengaan. Tegenover haar, zijn armen gespreid op het kruis, hing een God die te eenvoudig leek.

Hij kon haar niet helpen. Zij was alleen met haar beslissingen, niemand zou haar kunnen helpen. Ze moest leren risico's te nemen. Ze beschikte niet over dezelfde mogelijkheden als de Gekruisigde voor haar – die wist wat zijn missie was, want Hij was Gods Zoon. Hij heeft nooit gedwaald. Hij heeft de liefde tussen de mensen niet gekend, enkel en alleen de liefde voor zijn Vader. Het enige wat Hij hoefde doen was zijn wijsheid tonen, en de mensheid opnieuw de weg naar de hemel wijzen.

Maar zou het niet anders zijn? Ze herinnerde zich een catechismusles, een keer op een zondag, toen de priester geïnspireerder was geweest dan normaal. Die keer bespraken ze de episode waarin Jezus bad tot God en bloed zweette, en aan God vroeg de beker die Hij moest drinken van Hem weg te nemen.

'Maar als Hij toen al wist dat hij Gods Zoon was, waarom vroeg Hij dat dan?' had ze aan de priester gevraagd.

'Omdat Hij dat alleen met zijn hart wist. Als Hij absolute zekerheid zou hebben, werd zijn missie zinloos, want dan zou Hij niet volledig mens geworden zijn. Mens zijn betekent twijfels hebben en toch je weg voortzetten.'

Ze keek opnieuw naar de Gekruisigde, en voor het eerst in haar leven voelde ze zich dichter bij dit beeld; misschien hing daar een eenzame, bange man, die de dood voor ogen had en vroeg: 'Vader, Vader, waarom hebt U mij verlaten?' Als Hij dat zei, is het omdat Hij niet zeker was van wat Hij deed. Hij was het risico aangegaan – de Donkere Nacht binnengegaan zoals alle mensen, Zich ervan bewust dat Hij pas aan het eind van zijn tocht antwoord zou krijgen. Ook Hij moest door de angst heen van in zijn leven beslissingen te moeten nemen, door de angst heen van het weggaan bij zijn vader, bij zijn moeder, van het weggaan uit zijn dorp om op zoek te gaan naar de geheimen van de mensen, om op zoek te gaan naar de mysteriën van de Wet.

Als Hij door dat alles heen was gegaan, had Hij ook de liefde gekend, ook al roerden de Evangeliën dit onderwerp nooit aan – de liefde tussen de mensen was veel moeilijker te begrijpen dan de liefde voor een Opperwezen. Maar nu herinnerde ze zich dat toen Hij uit de dood was opgestaan, de eerste persoon aan wie Hij verscheen de vrouw was die tot het einde toe bij Hem gebleven was.

Het zwijgzame beeld scheen het met haar eens te zijn. Hij had de wijn, het brood geproefd, de feesten, de mensen meegemaakt, de schoonheid van de wereld ervaren. Onmogelijk dat Hij niet de liefde van een vrouw had gekend. Daarom ook had Hij bloed gezweet in de Hof van Olijven, juist omdat het heel moeilijk was de aarde te verlaten en Zichzelf te geven uit liefde voor alle mensen, nadat Hij de liefde van een enkel schepsel ervaren had.

Hij had geproefd van alles wat de wereld te bieden had, en toch zette Hij zijn tocht voort, wetend dat de Donkere Nacht aan een kruis kon eindigen, of op een brandstapel.

'Heer, wij allemaal zijn op de wereld om de risico's van de Donkere Nacht aan te gaan. Ik ben bang voor de dood, omdat ik het leven niet verliezen wil. Ik ben bang voor de liefde, want zij houdt dingen in die ons begrip te boven gaan. Haar licht is immens, maar haar schaduw jaagt me angst aan.'

Ze besefte dat ze ongemerkt begonnen was te bidden. Die eenvoudige God keek haar aan; Hij scheen te verstaan wat ze zei, en dat serieus te nemen.

Ze bleef een tijd op een antwoord staan wachten, maar ze hoorde geen enkel geluid en nam geen enkel teken waar. Het antwoord was daar. Daar, tegenover haar, was die man die aan een kruis genageld was. Hij had zijn deel vervuld, zijn taak volbracht – en Hij liet de wereld zien dat als ieder ook de zijne zou volbrengen, niemand meer hoefde lijden. Want Hij had al geleden voor alle mensen die de moed hadden om voor hun dromen te strijden.

Brida huilde een beetje, zonder te weten waarom.

De dag begon bewolkt, maar het zou niet gaan regenen. Lorens had verstand van de wolken boven de stad waar hij al vele jaren woonde. Hij stond op en ging naar de keuken om koffie te zetten.

Voordat het water kookte, kwam Brida de keuken in.

'Je bent erg laat gaan slapen gisteren,' zei hij.

Ze gaf geen antwoord.

'Vandaag is het jouw grote dag,' ging hij verder. 'Ik weet hoe belangrijk deze dag voor je is. Ik zou graag bij je zijn.'

'Het is een feest,' antwoordde Brida.

'Wat wil je daarmee zeggen?'

'Het is een feest. Sinds we elkaar kennen zijn we altijd samen naar de feesten gegaan. Je mag mee, dus!'

De Magiër ging kijken of de regen van de vorige dag zijn bromelia's niet had beschadigd. Ze zagen er perfect uit, hij moest om zichzelf lachen – de krachten van de natuur konden het soms toch goed met elkaar vinden.

Hij dacht aan Wicca. Zij zou de lichtende stippen niet zien, omdat alleen de Andere Delen deze bij elkaar kunnen zien; maar ze zou wel de energie opmerken, de energie van de lichtdraden die tussen hem en haar leerling heen en weer schoten. Heksen waren eerst en vooral vrouw.

De Traditie van de Maan noemde dit het Visioen van de Liefde, en hoewel het ook kon voorkomen tussen mensen die slechts verliefd waren – wat verder niets had uit te staan met het Andere Deel –, rekende hij erop dat Wicca nijdig zou worden als ze het zag. Vrouwelijke nijd, zoals de nijd van Sneeuwwitjes stiefmoeder die niet kon hebben dat een ander mooier was.

Maar Wicca was een Meester en zou meteen het absurde van haar gevoel inzien. Echter, in de tussentijd zou haar aura al wel van kleur zijn veranderd.

Dan zou hij naar haar toe gaan, haar een kus geven en zeggen dat ze jaloers was. Zij zou zeggen van niet. Hij zou vragen waarom ze boos was geworden.

Ze zou antwoorden dat ze een vrouw was, en geen verklaring hoefde geven voor haar gevoelens. Hij zou haar nog een kus geven, omdat ze de waarheid sprak. En hij zou zeggen dat hij al die tijd dat ze uit elkaar waren geweest heimwee naar haar had gehad, en dat hij haar nog het meest bewonderde van alle vrouwen ter wereld – behalve Brida dan, want Brida was zijn Andere Deel.

Wicca zou gelukkig zijn. Want ze was wijs.

Ik ben oud, ik zit almaar gesprekken te bedenken, dacht hij bij zichzelf. Maar het had niets met zijn leeftijd uit te staan – verliefde mannen gedragen zich altijd zo, bedacht hij toen.

Wicca was blij dat de regen was opgehouden en dat de wolken wegtrokken voor het avond zou zijn. De natuur moest het eens zijn met hetgeen de mens ondernam.

Alles liep volgens schema, iedereen had zijn taak uitgevoerd, niets ontbrak.

Ze ging naar het altaar en riep haar Meester aan. Ze vroeg hem om die nacht aanwezig te zijn; drie nieuwe heksen zouden ingewijd worden in de Grote Mysteriën. Op haar schouders lag een enorme verantwoordelijkheid.

Daarna ging ze naar de keuken om het ontbijt klaar te maken. Ze perste sinaasappels, roosterde brood, en ondertussen nam ze een paar suikervrije koekjes. Ze besteedde zoals altijd zorg aan haar uiterlijk – ze wist hoe mooi ze was. Ze hoefde haar schoonheid niet te verwaarlozen, alleen maar om te laten zien dat ze ook intelligent en capabel was.

Ze ontbeet, staarde voor zich uit en herinnerde zich een dag als deze, vele jaren geleden, toen haar Meester haar lot met de Grote Mysteriën bekrachtigd had. Even probeerde ze zich voor te stellen wie ze toen was, wat haar dromen waren, wat ze van het leven verlangde.

'Ik word oud. Ik denk voortdurend terug aan het verleden,' zei ze hardop. Ze at snel haar ontbijt op en begon met de verdere voorbereidingen. Ze had nog het een en ander te doen.

Ze wist wel dat ze niet oud aan het worden was. In haar wereld bestond de Tijd niet.

Brida was verbaasd over het grote aantal auto's dat in de berm van de weg stond geparkeerd. De zware wolken van 's ochtends waren weggetrokken, de lucht was helder. Aan de horizon toonde de zon haar laatste zonnestralen van die dag. Ondanks de kou was dit de eerste dag van de lente.

Zij riep de bosgeesten aan om haar te beschermen, en keek toen naar Lorens. Hij herhaalde haar woorden, een beetje verlegen, maar wel blij daar ook te zijn. Om bij elkaar te blijven was het nodig dat ze van tijd tot tijd een stap in de werkelijkheid van de ander zetten. Ook tussen hen beiden was er een brug tussen het zichtbare en onzichtbare. De magie was aanwezig in alles wat ze deden.

Vlug liepen ze het bos in en al snel waren ze op de open plek. Brida verwachtte al iets dergelijks: mannen en vrouwen van alle leeftijden – en waarschijnlijk met de meest uiteenlopende beroepen – stonden in groepjes bijeen, praatten wat, probeerden te doen alsof dat alles de normaalste zaak van de wereld was. Maar ze waren even verbaasd als zij.

'Zo veel heksen die ingewijd worden?' Zoiets had Lorens niet verwacht.

Brida zei van niet; sommigen waren genodigden net als hij. Ze wist niet precies wie aan de ceremonie deelnemen zou; het zou wel duidelijk worden als het zover was.

Ze kozen een plek uit en Lorens zette zijn tas op de grond. Daarin zaten Brida's jurk en drie flessen wijn – Wicca had aanbevolen om per deelnemer dan wel genodigde een fles wijn mee te brengen. Voor ze van huis gingen had Lorens gevraagd voor wie de derde fles was. Brida had hem verteld van de Magiër die ze altijd in de bergen opzocht – en hij had er verder geen belang aan gehecht.

'Stel je voor,' hoorde hij een vrouw naast hem zeggen. 'Stel je voor, als mijn vriendinnen dat zouden weten, dat ik vannacht op een echte *Sabbat* ben.'

Een *Heksensabbat*. Het feest dat bloed, brandstapels, de Verlichting en de vergetelheid had overleefd. Lorens deed zijn best zich op zijn gemak te voelen, door tegen zichzelf te zeggen dat er de nodige mensen waren die zich in dezelfde situatie bevonden als hij. Hij zag in het midden van de open plek een stapel boomstammen liggen, droog hout voor het vuur. Hij huiverde.

Verderop stond Wicca te praten met een groepje. Meteen toen ze Brida zag kwam ze haar begroeten en vragen of alles goed met haar was. Brida dankte haar voor haar belangstelling en stelde haar Lorens voor.

'Ik heb ook nog iemand anders uitgenodigd,' zei ze.

Wicca keek haar verrast aan. Maar meteen daarop verscheen er een brede glimlach op haar gezicht; Brida was er zeker van dat zij wist wie het was.

'Dat vind ik leuk,' antwoordde ze. 'Het is ook zíjn feest. Het is lang geleden dat ik die oude heks heb gezien. Wie weet heeft hij iets geleerd.'

Er arriveerden meer mensen – wie genodigde was en wie deelnemer aan de ceremonie kon Brida niet ontdekken. Een halfuur later, toen op de open plek zo'n honderd mensen zachtjes stonden te praten, vroeg Wicca om stilte.

'Dit is een ceremonie,' zei ze, 'en het is een feest. Alstublieft, lieve mensen, een feest kan niet beginnen als de glazen niet zijn gevuld.'

Ze maakte haar fles open en schonk het glas van iemand naast haar vol. Even later gingen de flessen rond en de stemmen werden merkbaar luider. Brida wilde niet drinken; het herinnerde haar sterk aan de man in het tarweveld, die haar de geheime tempels van de Traditie van de Maan had laten zien. Bovendien was deze genodigde naar wie ze uitzag nog niet gearriveerd.

Lorens was veel meer ontspannen dan zij. Hij knoopte een gesprek aan met de mensen naast hem.

'Het is een feest!' zei hij lachend tegen Brida. Hij was voorbereid geweest op dingen uit de andere wereld, en het was alleen maar een feest. Heel wat minder saai, trouwens, dan de feesten van de wetenschappers, waar hij altijd naartoe moest.

Op enige afstand van zijn groepje stond een heer met een grijze baard, in wie hij een van de professoren van de universiteit herkende. Hij aarzelde wat hij zou doen, maar de man herkende hem ook en vanaf de plaats waar hij stond, hief hij zijn glas bij wijze van groet.

Lorens was opgelucht – de jacht op heksen, en ook die op hun sympathisanten, behoorde tot het verleden.

'Het lijkt wel een picknick,' hoorde Brida iemand zeggen. Ja, het leek wel een picknick, en dat irriteerde haar. Ze had iets rituelers verwacht, iets wat meer op de Sabbats leek die Goya, Saint-Saëns en Picasso hadden geïnspireerd. Ze pakte de fles naast haar en begon ook te drinken.

Een feest. De brug tussen het zichtbare en onzichtbare oversteken door middel van een feest. Brida zou heel graag meemaken hoe iets heiligs kon plaatsvinden in een zo wereldse sfeer.

Het werd snel donker, en de mensen dronken aan één stuk door. Voordat de duisternis totaal werd staken een paar van de aanwezige mannen – zonder enig ritueel – het kampvuur aan. In het verleden was het ook zo geweest – voordat het de betekenis kreeg van een element met magische krachten, was het vuur enkel en alleen licht. Een licht waaromheen vrouwen bijeenkwamen om over hun mannen te praten, over hun magische ervaringen, over ontmoetingen met *succubi* en *incubi* – de afschrikwekkende seksdemonen uit de Middeleeuwen. In het verleden was het ook zo geweest – een feest, een groots volksfeest, het vrolijk vieren van de lente en van de hoop, in een tijd waarin vrolijk zijn betekende dat men de Wet uitdaagde, niemand mocht zich immers vermaken in een wereld die slechts was gemaakt om de zwakken te verleiden. De landheren, verschanst in hun sombere kastelen, zagen de kampvuren in de bossen en voelden zich bestolen – die boeren wilden het geluk leren kennen, en wie het geluk leert kennen kan niet langer in somberheid leven zonder te rebelleren. Misschien zouden de boeren wel het hele jaar door gelukkig willen zijn, wat een bedreiging voor het gehele politieke en religieuze systeem zou zijn.

Vier of vijf al halfdronken mensen begonnen rond het vuur te dansen – wie weet wilden ze een heksenfeest imiteren. Onder de dansenden ontdekte Brida een Ingewijde die ze had ontmoet toen Wicca het martelaarschap van hun zusters herdacht. Ze was geschokt – ze dacht dat de mensen van de Traditie van de Maan zich meer in overeenstemming zouden gedragen met de heilige plaats waar ze op dat moment waren. Ze herinnerde zich de nacht samen met de Magiër, en hoe de drank tijdens hun astrale uitstapje de communicatie tussen hen beiden belemmerd had.

'Mijn vrienden zullen groen zien van jaloezie,' hoorde ze, 'die geloven nooit dat ik hier ben geweest.'

Dit was haar te veel. Ze moest een beetje afstand nemen, begrijpen wat er gebeurde, en vechten tegen haar intense verlangen om naar huis terug te keren en te vluchten voordat alles waar ze bijna een heel jaar in had geloofd een volstrekte teleurstelling zou worden. Haar ogen zochten Wicca – zij lachte en vermaakte zich net als de anderen. De groep mensen rond het vuur werd steeds groter, sommigen klapten in hun handen en zongen, begeleid door anderen die met takken en sleutels tegen de lege flessen tikten.

'Ik moet even een ommetje maken,' zei ze tegen Lorens.

Hij had een aantal mensen rond zich verzameld die geboeid naar zijn verhalen over oude sterren en de wonderen van de moderne natuurkunde luisterden. Maar hij was onmiddellijk een en al aandacht voor haar.

'Wil je dat ik meega?'

'Nee, ik ga liever alleen.'

Ze liep van het groepje weg, naar het bos toe. De stemmen klonken steeds enthousiaster en luider, en dat alles – de dronken mensen, de opmerkingen, de grapjes over hekserij – werd in haar hoofd een brij. Ze had zo uitgezien naar deze nacht, en nu bleek het niet meer dan een feest – een feest dat niet verschilde van de party's van weldadigheidsorganisaties: mensen dineerden, bezatten zich, vertelden moppen en daarna hielden ze toespraken over de noodzaak de indianen van het zuidelijk halfrond en de zeehonden van de Noordpool te helpen.

Ze liep door het woud, maar hield steeds het vuur binnen haar gezichtsveld. Ze nam een pad bergop dat om een grote steen leidde, en dat haar in staat stelde het tafereel van bovenaf te bekijken. Maar zelfs van bovenaf gezien stemde het haar droevig: Wicca die de verschillende groepjes langs liep om te horen of alles goed was, mensen die om het vuur dansten, en een paar stelletjes die bezig waren met hun eerste alcoholische kussen. Lorens vertelde iets amusants tegen twee mannen, misschien iets wat heel goed paste in een café, maar niet op een feest zoals dit. Een laatkomer kwam aanlopen door het bos: een vreemdeling aangetrokken door het lawaai, op zoek naar een beetje vermaak.

Zijn manier van lopen kwam haar bekend voor.

De Magiër.

Brida schrok en begon naar beneden te rennen. Ze wilde hem treffen voordat hij bij het feest zou zijn. Hij moest haar helpen zoals hij al zo vaak had gedaan. Ze wilde de zin van dit alles begrijpen.

Wicca weet hoe je een Sabbat organiseert, dacht de Magiër, toen hij dichterbij kwam. Hij kon de energie van de mensen die heel ongedwongen met elkaar omgingen, zien en voelen. Tijdens deze fase van het ritueel leek de Sabbat op ieder ander feest – er moest voor gezorgd worden dat alle genodigden op een en dezelfde golflengte zaten. Bij de eerste Sabbat die hij had meegemaakt, was hij geschokt geweest door dit alles; hij herinnerde zich dat hij zijn Meester even terzijde genomen had, om te weten wat er gebeurde.

'Ben je al eens op een feest geweest?' had de Meester gevraagd, geïrriteerd omdat hij door hem uit een vermakelijk gesprek werd gehaald.

De Magiër had gezegd van wel.

'En wanneer is het een goed feest?'

'Als iedereen zich vermaakt.'

'Al sinds ze in holen wonen, geven de mensen feesten,' antwoordde de Meester. 'Het zijn de eerste collectieve rituelen waar melding van bestaat. De Traditie van de Zon heeft zich als taak gesteld om dit tot op de dag van vandaag levend te houden. Een goed feest zuivert het astrale lichaam van iedereen die eraan deelneemt; maar het laat zich heel moeilijk realiseren – er zijn maar een paar mensen voor nodig om de feestvreugde te bederven. Die mensen vinden zichzelf belangrijker dan de anderen, ze zijn moeilijk tevreden te stellen, ze vinden dat ze hun tijd verdoen omdat ze geen contact met de anderen weten te maken. En uiteindelijk ondergaan ze een mysterieus vonnis: over het algemeen gaan ze weg, beladen met de astrale larven die uit de mensen worden verdreven die wel met anderen contact weten te maken.

Vergeet niet dat de eerste rechtstreekse weg naar God het gebed is. De tweede rechtstreekse weg is de vreugde.'

Sinds dat gesprek met zijn Meester waren vele jaren verstreken en sindsdien had de Magiër aan vele Sabbats deelgenomen. Hij wist dat hij een ritueel feest zag, dat heel knap was georganiseerd; het niveau van de collectieve energie nam met de minuut toe.

Zijn ogen zochten Brida; er waren veel mensen; hij was niet aan zulke grote groepen gewend. Hij wist dat hij moest deelnemen aan de collectieve energie, hij was ervoor in de stemming, maar eerst moest hij een beetje wennen. Zij zou hem daarbij kunnen helpen. Zogauw hij haar vond, zou hij zich meer op zijn gemak voelen.

Hij was een Magiër. Hij kende het visioen van de lichtende stip. Het enige wat hij moest doen was zijn bewustzijnstoestand veranderen en de stip zou zichtbaar worden, te midden van al die mensen. Hij had jaren naar deze lichtstip gezocht – nu was ze op maar twintig, dertig meter van hem vandaan.

De Magiër veranderde van bewustzijnstoestand. Hij keek opnieuw naar het feest, nu met een veranderde waarneming, en hij kon aura's met de meest uiteenlopende kleuren zien – maar stuk voor stuk benaderden ze de kleur die tijdens die nacht de overheersende kleur moest zijn. Wicca is een groot Meester, ze doet alles heel snel, bedacht hij opnieuw. Het zou niet lang meer duren of de trillingen die alle mensen om hun fysieke lichaam hebben, zouden in harmonie zijn; en het tweede deel van het ritueel kon beginnen.

Hij liet zijn ogen van links naar rechts gaan, en vond ten slotte de lichtstip. Hij besloot haar te verrassen, en sloop naar haar toe.

'Brida,' zei hij.

Zijn Andere Deel draaide zich om.

'Ze is een ommetje gaan maken,' was het vriendelijke antwoord.

Even, maar het leek wel een eeuwigheid, keek hij de man die voor hem stond aan.

'Jij bent waarschijnlijk de Magiër over wie Brida zoveel heeft verteld,' zei Lorens. 'Blijf bij ons. Ze zal zo wel terugkomen.'

Maar Brida wás al daar. Ze stond voor hen, met geschrokken ogen en buiten adem.

De Magiër voelde een blik, vanaf de andere kant van het vuur. Hij kende die blik, een blik die de lichtende stippen niet kon zien, omdat alleen de Andere Delen voor elkaar zichtbaar zijn. Maar het was een oude, diepe blik, een blik die de Traditie van de Maan kende en het hart van vrouwen en mannen.

De Magiër draaide zich om en zag Wicca. Ze glimlachte vanaf de andere kant van het vuur – in een fractie van een seconde had ze alles begrepen.

De ogen van Brida waren ook op de Magiër gevestigd. Ze glansden van voldoening. Hij was gekomen.

'Ik wil dat je kennismaakt met Lorens,' zei ze. Het feest begon leuk te worden, van het ene op het andere moment had ze geen uitleg meer nodig.

De Magiër bevond zich nog in veranderde bewustzijnstoestand. Hij zag de aura van Brida razendsnel wisselen van kleur, tot hij de kleur had die Brida had uitgekozen. Het meisje was blij dat hij was gekomen, en alles wat hij zei of deed kon haar Inwijding die nacht in één keer tenietdoen. Hij moest zich koste wat het kost beheersen.

'Aangenaam,' zei hij tegen Lorens. 'Als je me eens een glas wijn aanbood.'

Lorens glimlachte en reikte hem de fles aan.

'Welkom bij ons,' zei hij. 'Je zult het een leuk feest vinden.'

Wicca, die aan de andere kant van het vuur stond, wendde haar blik af. Ze haalde opgelucht adem – Brida had niets gemerkt. Ze was een goede leerling – ze wilde haar niet van de Inwijding van die nacht verwijderen, alleen maar omdat ze de eenvoudigste stap van allemaal – aan de vreugde van de anderen deelnemen – niet had weten te zetten.

Hij zal zich om zichzelf bekommeren, zei ze tegen zichzelf. De Magiër had jaren van werk en discipline achter de rug. Hij zou zijn gevoel van dat moment kunnen beheersen, op zijn minst zolang als nodig was om er een ander gevoel voor in de plaats te stellen. Ze waardeerde hem om zijn werk en volharding, en ze had een zekere vrees voor zijn immense macht.

Ze praatte met een paar andere genodigden, maar de verbazing over datgene waar ze daarnet getuige van was geweest, kon ze niet van zich afzetten. Dus dát was de reden, de reden waarom ze zo veel aandacht had besteed aan het meisje, dat uiteindelijk toch gewoon een heks was net als alle andere heksen, en dat net als zij verscheidene reïncarnaties had doorgemaakt waarin ze de Traditie van de Maan had geleerd.

Brida was zijn Andere Deel.

Mijn vrouwelijke intuïtie functioneert niet goed, dacht ze bij zichzelf. Ze had zich alles voorgesteld, behalve het meest voor de hand liggende. Ze troostte zich met de gedachte dat haar nieuwsgierigheid toch tot iets positiefs had geleid: de door God gekozen weg om haar opnieuw met haar leerlinge samen te brengen.

De Magiër zag in de verte een bekende en hij verontschuldigde zich bij het groepje om met hem te gaan praten. Brida vond het fijn dat hij zo dicht bij haar was, was helemaal euforisch, maar vond het beter om hem te laten gaan. Haar vrouwelijke intuïtie zei haar dat het niet raadzaam was als de Magiër en Lorens lang bij elkaar waren – ze konden bevriend raken, en wanneer twee mannen verliefd zijn op dezelfde vrouw, is het maar beter dat ze elkaar haten dan dat ze vrienden worden. Want in dat laatste geval zou ze beiden verliezen.

Ze keek naar de mensen rond het vuur en kreeg zin om ook te dansen. Ze vroeg Lorens – hij aarzelde even, maar vatte toch moed. De mensen draaiden om hun as en klapten in hun handen, dronken wijn en tikten met sleutels en takken tegen de lege flessen. Telkens als ze langs de Magiër kwam, glimlachte hij en hief het glas. Dit was voor haar een van de mooiste dagen uit haar leven.

Wicca sloot zich aan bij de kring; iedereen was ontspannen en vermaakte zich. De genodigden, die zich aanvankelijk druk hadden gemaakt over wat hun te wachten stond, die bang waren geweest voor wat ze te zien zouden krijgen, gaven zich nu definitief over aan de Geest van die nacht. De lente was gekomen, ze moesten feestvieren, hun ziel vullen met geloof in de zonnige dagen die kwamen, en zo snel mogelijk de grauwe middagen en de eenzame avonden binnenshuis vergeten.

Het geklap werd luider, en nu was het Wicca die het ritme aangaf, een opzwepend ritme dat almaar doorging en waarbij iedereen zijn ogen gericht hield op het vuur. Niemand voelde de kou nog – het leek wel of het zomer was. Rond het vuur gingen de truien al uit.

'Nu gaan we zingen!' zei Wicca. Ze herhaalde een paar maal een eenvoudig melodietje, dat maar uit twee strofen bestond; al snel zong iedereen met haar mee. Niet veel aanwezigen wisten dat het een heksenmantra was, waarin de klank van de woorden belangrijk is en niet de betekenis. Een klank die de Gaven onderling verbond. Degenen die over het magische visioen beschikten – zoals de Magiër en andere Meesters die er waren –, zagen hoe de lichtende vezels van verscheidene mensen zich met elkaar verbonden.

Lorens raakte vermoeid van het dansen en sloot zich aan bij de 'muzikanten' met hun flessen. Ook anderen gingen bij het vuur weg – sommigen omdat ze ook moe waren, anderen omdat Wicca hun vroeg om bij het ritme te helpen. Zonder dat iemand – behalve de Ingewijden – merkte wat er gebeurde, ging het feest langzaam het sacrale binnen. Al snel waren in de kring rond het vuur alleen nog de vrouwen van de Traditie van de Maan over en de heksen die ingewijd zouden worden.

Zelfs Wicca's mannelijke leerlingen dansten niet meer; voor de Inwijding van de mannen was er een ander ritueel, op een andere dag. Wat op dat moment op astraal niveau recht boven het vuur roteerde was de vrouwelijke energie, de energie van de verandering. Zo was het sinds onheuglijke tijden.

Brida begon het heet te krijgen. Van de wijn kon het niet komen, want ze had maar weinig gedronken. Het kwam vast door de vlammen. Ze kreeg enorme zin om haar blouse uit te trekken, maar was verlegen – een verlegenheid die haar zin verloor hoe langer ze die simpele melodie zong, in haar handen klapte en rond het vuur danste. Haar ogen keken nu strak in het vuur, en de wereld scheen gaandeweg minder belangrijk – een gewaarwording die heel veel leek op wat ze voelde toen de tarotkaarten zich voor het eerst openbaarden.

Ik ben in trance aan het raken, dacht ze. Wat zou het! Het is een geweldig feest!

Wat een vreemde muziek, zei Lorens bij zichzelf, terwijl hij op zijn fles het ritme vasthield. Zijn gehoor, geoefend om naar zijn eigen lichaam te luisteren, merkte dat het ritme van het klappen en de klank van de woorden precies in het midden van zijn borst vibreerden, zoals wanneer hij bij een klassiek muziekconcert de pauken hoorde. Het merkwaardige was dat dit ritme ook het kloppen van zijn hart leek te bepalen.

Toen Wicca het ritme opvoerde, voerde zijn hart ook het ritme op. Waarschijnlijk overkwam de anderen hetzelfde.

Ik krijg zo meer bloed in mijn hersenen, bedacht zijn wetenschappelijke hoofd. Maar hij was bij een heksenritueel, en het was nu niet het moment om daarover na te denken; hij kon het er naderhand met Brida over hebben.

'Ik ben op een feest, en ik wil me alleen maar vermaken!' zei hij hardop. Iemand naast hem stemde daarmee in en Wicca voerde het ritme nog wat op.

Ik ben vrij. Ik ben trots op mijn lichaam, omdat het de manifestatie van God is in de zichtbare wereld. De hitte van het vuur was niet te verdragen. De wereld leek ver weg, en ze wilde zich niet langer druk maken over oppervlakkige dingen. Ze leefde, haar bloed stroomde door haar aderen, ze had zich volledig aan haar zoektocht overgegeven. Rond zo'n vuur dansen was niet nieuw voor haar, want het handgeklap, de muziek, het ritme maakten sluimerende herinneringen in haar wakker, herinneringen aan tijden waarin ze een Meester van de Wijsheid van de Tijd was. Ze was niet alleen, want dit feest was voor haar een weerzien, een weerzien met zichzelf en met de Traditie die ze vele levens had meegetorst. Ze voelde een diep respect voor zichzelf.

Ze was opnieuw in een lichaam, en het was een mooi lichaam dat miljoenen jaren gestreden had om in een vijandige wereld te overleven. Het had in de zee gewoond, had over de aarde gekropen, was in bomen geklommen, had op vier poten gelopen, en nu liep het trots op twee voeten. Dat lichaam verdiende respect voor zijn strijd die al zo lang duurde. Er bestonden geen mooie of lelijke lijven, want ze hadden allemaal dezelfde weg afgelegd, ze waren allemaal het zichtbare deel van de ziel die hen bewoonde.

Ze was trots, intens trots op haar lichaam.

Ze trok haar blouse uit.

Een bh droeg ze niet, maar dat maakte voor haar geen enkel verschil. Ze was trots op haar lijf, en niemand kon haar daarom veroordelen; al zou ze zeventig zijn, dan zou ze toch nog steeds trots op haar lijf zijn, want juist door dat lijf kon de ziel haar werken verrichten.

De andere vrouwen rond het vuur deden hetzelfde; het kon hun evenmin schelen.

Ze maakte haar ceintuur los en was helemaal naakt. Op dat ogenblik ervoer ze misschien wel het meest volledige gevoel van vrijheid dat ze in haar leven ooit had gehad of zou hebben. Want ze deed het niet zomaar. Ze deed het omdat de naaktheid de enige manier was om te laten zien hoe vrij haar ziel was op dat moment. Het deed er niet toe dat er andere mensen bij waren, die gekleed waren en toekeken – het enige wat ze wilde was dat deze mensen voor hun lichamen zouden voelen wat zij nu voor het hare voelde. Ze kon vrij dansen, haar bewegingen werden door niets meer belemmerd. Ieder atoom van haar lichaam beroerde de lucht, en de lucht was gul, voerde geheimen en geuren aan om haar hele lijf daarmee te strelen.

De mannen en de genodigden die tegen de flessen tikten, zagen dat de vrouwen rond het vuur naakt waren. Ze klapten, gaven elkaar een hand en zongen nu eens zacht, dan weer hard en vol passie. Niemand wist wie dit ritme dicteerde – of het de flessen waren, of hun handgeklap, of het lied. Iedereen scheen zich bewust van wat er gebeurde, maar als iemand had geprobeerd op dat moment uit het ritme te stappen, zou hij dat niet hebben gekund. Een van de moeilijkste opgaven voor de Meester in deze fase van het ritueel was voorkomen dat de mensen in de gaten kregen dat ze in trance waren. Ze moesten de indruk hebben dat ze zichzelf onder controle hadden, terwijl het niet zo was. Daarmee schond Wicca de enige Wet waarvan de schending door de Traditie uitermate streng werd bestraft, niet: ze greep niet in in de wil van de ander.

Want iedereen die daar was, wist dat hij op een Heksensabbat was – en voor de heksen is het leven één zijn met het Universum.

Later, wanneer deze nacht alleen nog maar een herinnering zou zijn, zou niemand van die mensen praten over wat hij gezien had. Er bestond wat dat betreft geen enkel verbod, maar wie daar was voelde de aanwezigheid van een machtige kracht, een mysterieuze, heilige, intense, genadeloze kracht die geen enkel menselijk wezen zou durven tarten.

'Draaien!' zei de enige geklede vrouw, die een zwart gewaad droeg dat tot op haar voeten viel. Alle andere, naakte, vrouwen dansten en klapten in hun handen en draaiden zich nu om hun as.

Een man legde een stapel jurken naast Wicca neer. Drie daarvan zouden nu voor het eerst gedragen worden – twee ervan leken qua snit sterk op elkaar. Die waren van twee vrouwen met dezelfde Gave – de Gave drukte zich uit in de manier waarop iemand haar jurk droomde.

Ze hoefde niet langer te klappen – de mensen gingen verder alsof zij nog steeds het ritme aangaf.

Ze knielde, legde haar duimen tegen haar voorhoofd en begon de Macht te bewerken.

De Macht van de Traditie van de Maan, de Wijsheid van de Tijd, was daar. Het was een uiterst gevaarlijke macht, die de heksen pas konden aanroepen nadat ze Meester waren geworden. Wicca wist hoe ze ermee moest omgaan, maar toch vroeg ze haar Meester om bescherming.

In die macht woonde de Wijsheid van de Tijd, woonde de Slang, wijs en overheersend. Alleen de Maagd, die de slang onder haar hiel hield, zou hem kunnen onderwerpen. Daarom bad Wicca ook tot de Maagd Maria en vroeg om reinheid van ziel, om een krachtige hand, en de bescherming van haar mantel, om de Macht op de vrouwen voor haar te kunnen laten neerdalen, zonder dat die een van hen zou verleiden of beheersen.

Met haar gezicht naar de hemel toe gewend, reciteerde ze met ferme en vaste stem de woorden van de apostel Paulus:

'Indien iemand Gods tempel vernietigt,
zal God hem vernietigen,
want Gods tempel is heilig – en die tempel bent u zelf.
Laat niemand zichzelf bedriegen.
Wanneer iemand van u denkt dat hij in deze wereld wijs is,
moet hij eerst dwaas worden; pas dan kan hij wijs worden.

Wat namelijk in deze wereld wijsheid is, is dwaasheid bij God,
want er staat geschreven: "Hij vangt de wijzen in hun eigen sluwheid."
Niemand van u moet zich daarom laten voorstaan op een ander mens,
want álles is van u.'

Met een paar handbewegingen vertraagde Wicca het ritme van het geklap. De flessen klonken trager en de vrouwen begonnen langzamer rond te draaien. Wicca hield de Macht in bedwang, en het hele orkest moest goed functioneren, van de schelste trompet tot en met de zachtste viool. Daarvoor had ze de hulp van de Macht nodig – maar zonder zich eraan over te geven.

Ze klapte en stootte de noodzakelijke klanken uit. Langzaam stopten de mensen met dansen en spelen. De heksen gingen naar Wicca toe en pakten hun jurken – slechts drie vrouwen bleven naakt. Op dat moment waren er een uur en achtentwintig minuten verstreken van onophoudelijke muziek. De bewustzijnstoestand van alle aanwezigen was veranderd – terwijl niemand, uitgezonderd de drie naakte vrouwen, het besef van waar hij was en wat hij deed had verloren.

De drie naakte vrouwen waren volledig in trance. Wicca strekte haar rituele dolk naar voren en richtte alle geconcentreerde energie op hen.

Binnen enkele ogenblikken zouden hun Gaven zich openbaren. Dat was de wijze waarop ze de wereld dienen zouden, nadat ze langs lange en kronkelige paden ten slotte zo ver gekomen waren. De wereld had hen op alle mogelijke manieren op de proef gesteld; wat ze veroverd hadden waren ze waard. In het dagelijkse leven zouden ze verdergaan met hun zwakheden, hun rancunes, met hun kleine goedheden en kleine wreedheden. Ze zouden verdergaan met hun angst en extase, zoals iedereen die deelheeft aan een wereld die nog in verandering is. Maar te zijner tijd zouden ze leren dat ieder mens iets in zich draagt wat veel belangrijker is dan hijzelf: zijn Gave. Want aan ieder mens heeft God een Gave in handen gegeven – het instrument dat Hij gebruikt om Zich aan de wereld te openbaren en de mensheid te helpen. God heeft de mens uitverkoren om Zijn arm op aarde te zijn.

Sommigen leren hun Gave kennen via de Traditie van de Zon, anderen via de Traditie van de Maan. Maar iedereen zal uiteindelijk leren wat zijn Gave is – en meerdere reïncarnaties zullen er niet eens voor nodig zijn.

Wicca stond voor de grote steen, die daar door Keltische priesters geplaatst was. De heksen in hun zwarte kleren gingen in een halve cirkel om haar heen staan.

Ze keek naar de drie naakte vrouwen. Hun ogen schitterden.

'Komen jullie hierheen.'

De vrouwen liepen naar het midden van de halve cirkel. Wicca vroeg hun om voorover op de grond te gaan liggen, met hun armen gespreid in de vorm van een kruis.

De Magiër zag Brida gaan liggen. Hij probeerde zich op haar aura te concentreren, maar hij was een man – en een man kijkt naar het lichaam van een vrouw.

Hij wilde niet terugdenken, wilde niet weten of het hem pijn deed of niet. Hij besefte maar één ding – dat de missie van zijn Andere Deel ten opzichte van hem was vervuld.

Jammer dat ik maar zo kort met haar samen ben geweest. Maar zo mocht hij niet denken. Ergens in de Tijd hadden ze hetzelfde lichaam gedeeld, hadden ze dezelfde pijnen geleden, hadden ze dezelfde vreugdes gekend en waren gelukkig geweest. Ze waren samen geweest in dezelfde persoon, misschien hadden ze wel door een bos als dit gelopen en naar een nachtelijke hemel gekeken waaraan dezelfde sterren schitterden als nu. Hij moest lachen vanwege zijn Meester, die hem zo veel tijd in het woud had laten doorbrengen, om er maar zeker van te zijn dat hij zijn ontmoeting met zijn Andere Deel zou kunnen begrijpen.

Zo was de Traditie van de Zon – ze verplichtte ieder te leren wat hij nodig had, en niet slechts dat wat hij wilde. Zijn mannenhart zou lang huilen – maar zijn magiërshart juichte van blijdschap en dankte het woud.

Wicca zag de drie vrouwen aan haar voeten liggen en dankte God dat ze dit werk al zovele levens mocht voortzetten; de Traditie van de Maan was onuitputtelijk. De open plek in het bos was in een al vergeten tijd gewijd door Keltische priesters. Van hun rituelen was weinig overgebleven, wél was er nog de steen waar ze nu met de rug naartoe stond. Een immense steen, die onmogelijk door mensenhand getransporteerd kon worden – maar de Ouden hadden zulke stenen door middel van magie weten te verplaatsen. Ze hadden piramiden gebouwd, hemelobservatoria, steden in de bergen van Zuid-Amerika, en daarbij slechts de krachten gebruikt die de Traditie van de Maan kende. Zulke kennis had de mens niet langer nodig en was uit de Tijd gewist om te voorkomen dat ze tot verwoestingen zou leiden. Toch had Wicca, alleen maar uit nieuwsgierigheid, graag geweten hoe ze dat alles gedaan hadden.

Er waren enkele Keltische geesten aanwezig. Ze had hen gegroet. Het waren meesters, die niet meer gereïncarneerd werden, en die deel uitmaakten van de geheime regering van de Aarde; zonder hen, zonder de kracht van hun wijsheid, zou de planeet al lange tijd slecht bestuurd zijn geweest. De Keltische meesters – hun astrale lichamen omgeven door een intens wit licht – zweefden in de lucht boven de bomen, die links van de open plek stonden. Al eeuwenlang kwamen ze tijdens alle equinoxen daar bijeen, om te zien of de Traditie nog in ere werd gehouden. 'Jawel,' zei Wicca tegen hen, met een zekere trots. De equinoxen werden nog steeds gevierd, zelfs nadat de Keltische cultuur uit de officiële wereldgeschiedenis was verdwenen. Want niemand kan de Traditie van de Maan uitwissen – behalve de Hand van God.

Een poos was ze met haar gedachten bij deze priesters. Wat zouden ze denken van de mensen van tegenwoordig? Zouden ze heimwee hebben naar de tijd toen ze zelf nog de rituelen leidden en het contact met God eenvoudiger en directer leek? Wicca had het idee van niet, en haar intuïtie bevestigde dat. Het waren de menselijke gevoelens die Gods tuin schiepen, en daarvoor was het nodig dat ze veel beleefden, in vele verschillende tijden met vele verschillende zeden en gewoonten. Net als de rest van het Universum ging de mens zijn ontwikkelingsweg, waarbij iedere dag werd gevolgd door een betere; ook al vergat hij de lessen van de vorige dag, ook al profiteerde hij niet van hetgeen hij had geleerd, en ook al klaagde hij door te zeggen dat het leven onrechtvaardig was.

Want het Rijk der Hemelen is als een zaadje dat een man in zijn akker plant; hij slaapt en wordt wakker, overdag en 's nachts, en het zaadje groeit zonder dat hij weet hoe. Deze lessen stonden in de Ziel van de Wereld gegrift en kwamen de hele mensheid ten goede. Belangrijk was dat er mensen bleven bestaan zoals degenen die die nacht daar waren, mensen die net als de heilige Juan de la Cruz niet bevreesd waren voor de Donkere Nacht van de Ziel. Iedere stap, iedere daad van geloof, redde opnieuw de gehele mensheid. Zolang er mensen waren die wisten dat alle wijsheid van de mens bij God dwaasheid is, zou de wereld haar weg van licht voortzetten.

Ze was trots op haar leerlingen; ze waren in staat de gerieflijkheid van een al verklaarde wereld op te offeren voor de uitdaging van het ontdekken van een nieuwe wereld.

Ze keek weer naar de drie naakte vrouwen, die met gespreide armen op de grond lagen, en zag de kleur van de aura die ze uitstraalden. Ze waren nu onderweg in de Tijd en kwamen vele Andere Delen tegen die ze verloren hadden. Deze drie vrouwen begonnen vanaf deze nacht aan de missie die hun wachtte sinds hun geboorte. Een van hen was waarschijnlijk ouder dan zestig; leeftijd was volstrekt onbelangrijk. Belangrijk was dat ze zich nu tegenover hun lot bevonden dat geduldig op hen had gewacht. Vanaf deze nacht zouden ze hun Gave aanwenden om te voorkomen dat belangrijke planten uit Gods tuin vernield zouden worden. Ze waren stuk voor stuk om andere redenen gekomen – de een was teleurgesteld in de liefde, de ander de sleur beu, en de derde zocht de Macht. Ze waren de confrontatie aangegaan met angst, met luiheid en met de vele teleurstellingen van iemand die de weg van de magie volgt. Maar het was een feit dat ze gekomen waren waar ze komen moesten, omdat wie zijn weg met geloof gaat, altijd wordt geleid door Gods Hand.

De Traditie van de Maan, met haar Meesters en haar rituelen, is fascinerend, maar er bestaat ook een andere Traditie, dacht de Magiër, terwijl hij zijn ogen op Brida gericht hield en een zekere afgunst voelde tegenover Wicca, omdat ze lange tijd in Brida's nabijheid zou blijven. Er was een andere Traditie die veel moeilijker was, omdat ze eenvoudiger was. Eenvoudige dingen blijken altijd uitzonderlijk ingewikkeld. De Meesters van deze Traditie stonden in de wereld en beseften niet eens altijd de grootheid van wat ze onderwezen – omdat ze onderwezen vanuit een impuls waaraan over het algemeen alle zin leek te ontbreken. Het waren timmerlieden, dichters, wiskundigen, mensen van over de hele wereld, met alle mogelijke beroepen en gebruiken. Mensen die op zomaar een moment de behoefte voelden om met iemand te praten, een gevoel te uiten dat ze niet echt goed begrepen, maar dat ze onmogelijk voor zich konden houden – dat was de manier die de Traditie van de Zon gebruikte om te voorkomen dat haar wijsheid verloren zou gaan. De impuls van de Schepping.

Waar een mens ook zijn voeten zette, steeds was er meteen een spoor van de Traditie van de Zon. Soms een beeldhouwwerk, soms een tafel en andere keren fragmenten van een gedicht dat door een bepaald volk van generatie op generatie was doorgegeven. De mensen door wie de Traditie van de Zon sprak waren mensen die niet verschilden van alle andere en die op zekere ochtend – of zekere middag – naar de wereld keken en de aanwezigheid van iets groters ervoeren. Zonder dat te willen waren ze ondergedompeld in een onbekende zee, en meestal weigerden ze daar ooit nog in terug te keren. Alle levende mensen ervoeren minstens éénmaal per reïncarnatie het geheim van het Universum.

Ongewild gingen ze de Donkere Nacht in. Jammer dat ze zelden of nooit in zichzelf geloofden en weigerden om daarin terug te keren. En het Heilig Hart dat de wereld voedde met zijn liefde, zijn vrede en volstrekte onbaatzuchtigheid, werd opnieuw met doornen gekroond.

Wicca was dankbaar dat ze een Meester van de Traditie van de Maan was. Iedereen die naar haar kwam, wilde leren – terwijl bij de Traditie van de Zon de meesten steeds wilden wegvluchten van hetgeen het leven hun leren wilde.

Dat is niet langer belangrijk, dacht Wicca. Want de tijd van de wonderen stond op het punt om weer eens terug te keren, en niemand kon afzijdig blijven van de veranderingen die de wereld vanaf nu zou ervaren. Binnen afzienbare tijd zou de kracht van de Traditie van de Zon zich manifesteren met al haar licht. Iedereen die niet zijn eigen weg zou volgen zou zich ontevreden over zichzelf beginnen te voelen, zou tot een keuze gedwongen worden.

Óf een bestaan aanvaarden dat door teleurstelling en pijn omgeven zou zijn, óf begrijpen dat iedereen geboren is om gelukkig te zijn. Was de keuze gemaakt, dan zou er niet meer gewisseld kunnen worden; en de grote strijd, de Jihad, zou gevoerd worden.

Met een vloeiende handbeweging trok Wicca met haar dolk een cirkel in de lucht. Binnen die onzichtbare cirkel tekende ze de ster met vijf punten, die door de heksen Pentagram genoemd wordt. Hij staat symbool voor de elementen die in de mens actief zijn – en via het Pentagram zouden de vrouwen die op de grond lagen in contact treden met de wereld van het licht.

'Doe jullie ogen dicht,' zei Wicca.

De drie vrouwen gehoorzaamden.

Wicca maakte met haar dolk rituele bewegingen op ieders hoofd.

'Open nu de ogen van jullie ziel.'

Brida opende haar ogen. Ze bevond zich in een woestijn, op een plek die haar erg bekend voorkwam.

Ze herinnerde zich dat ze er al eerder geweest was. Met de Magiër.

Ze zocht hem met haar ogen, maar kon hem niet ontdekken. Maar bang was ze niet: ze voelde zich rustig en gelukkig. Ze wist wie ze was, kende de stad waar ze woonde – ze wist dat er op een andere plaats in de tijd een feest werd gevierd.

Maar dat was onbelangrijk, omdat het landschap dat voor haar lag mooier was: het zand, de bergen in de verte en vlak voor haar de gigantische steen.

'Welkom,' zei een stem.

Naast haar stond een heer, net zo gekleed als haar grootouders.

'Ik ben de Meester van Wicca. Wanneer jij een Meester wordt, zullen je leerlingen op deze zelfde plek Wicca ontmoeten. En zo zal het doorgaan tot de Ziel van de Wereld zich manifesteren kan.'

'Ik ben bij een heksenritueel,' zei Brida, 'bij een Sabbat.'

De Meester lachte.

'Jij hebt je Weg op je genomen. Weinig mensen hebben de moed om dat te doen. Ze gaan liever een weg die de hunne niet is.

Ze bezitten allemaal een Gave, maar ze willen hem niet zien. Jij hebt hem aanvaard – jouw ontmoeting met je Gave is je ontmoeting met de Wereld.'

'Waarom heb ik dat nodig?'

'Om Gods tuin te kunnen maken.'

'Ik heb een heel leven voor me,' zei Brida. 'Ik wil leven zoals iedereen leeft. Ik wil fouten mogen maken. Ik wil egoïstisch kunnen zijn. Fouten hebben, snap je?'

De Meester glimlachte. Aan zijn rechterhand kwam een blauwe mantel tevoorschijn.

'Er is geen andere manier om dicht bij de mensen te zijn dan een van hen te zijn.'

De omgeving veranderde. Ze was niet langer in een woestijn, maar in een soort vloeistof waarin meerdere vreemde dingen zwommen.

'Zo is het leven,' zei de Meester, 'fouten maken. Miljoenen jaren hebben de cellen zich gereproduceerd en ze bleven exact hetzelfde, totdat een van hen een fout maakte. En daardoor kon er iets binnen die eindeloze herhaling veranderen.'

Brida keek gefascineerd naar de zee om haar heen. Ze vroeg zich niet af hoe ze onder water adem kon halen. Het enige wat ze hoorde was de stem van de Meester. En ze herinnerde zich een reis die hiermee veel gelijkenis vertoonde en die in een tarweveld begonnen was.

'De wereld is in gang gezet door een fout,' zei de Meester, 'wees nooit bang om fouten te maken.'

'Maar Adam en Eva zijn uit het Paradijs verdreven.'

'Daar keren ze ooit terug. En dan kennen ze het wonder van de hemelen en van de werelden. God wist wat Hij deed, toen Hij hen op de boom van Goed en Kwaad wees. Als Hij niet had gewild dat zij daarvan aten, had Hij er met geen woord over gerept.'

'Nou, waarom heeft Hij dat dan gezegd?'

'Om het Universum in gang te zetten.'

De omgeving veranderde terug in de woestijn met de steen. Het was ochtend en een roze licht overstroomde de horizon.

De Meester kwam naar haar toe met de mantel.
‘Ik wijd jou nu. Jouw Gave is een instrument van God. Dat jij erin mag slagen een goed werktuig te zijn.’

Wicca hield met twee handen de jurk van de jongste van de drie vrouwen omhoog. Ze bood hem op symbolische wijze aan aan de Keltische priesters die, met hun astrale lichamen boven de bomen zwevend, alles bijwoonden. Toen keerde ze zich tot het meisje.

'Sta op,' zei ze.

Brida stond op. De schaduwen van het vuur dansten op haar naakte lichaam. Ooit was een ander lichaam verteerd door dezelfde vlammen. Maar die tijd was ten einde.

'Steek je armen omhoog.'

Het meisje stak haar armen omhoog. Wicca kleedde haar aan.

'Ik was naakt,' zei ze tegen de Meester, toen hij haar de blauwe mantel had omgehangen. 'En ik had geen schaamte.'

'Als er geen schaamte geweest was, had God niet ontdekt dat Adam en Eva de appel hadden gegeten.'

De Meester keek naar de zonsopgang. Hij leek met zijn gedachten ergens anders, maar dat was niet zo. Brida kende dat.

'Je moet je nooit schamen,' ging hij verder. 'Aanvaard wat het leven je biedt, en drink de wijnen die voor je staan. Drink ze allemaal – van sommige maar een slok, van andere de hele fles.'

'Hoe maak ik dat onderscheid?'

'Door te proeven. Je kunt pas weten wat goede wijn is als je ook de wrange geproefd hebt.'

Wicca draaide Brida om en zette haar voor het vuur, en ze wendde zich tot de volgende leerling. Het vuur bundelde de energie van haar Gave, opdat deze zich voorgoed in haar kon manifesteren. Op dat moment maakte Brida waarschijnlijk de opkomst van een zon mee. Een zon die haar verdere leven verlichten zou.

'Nu moet je gaan,' zei de Meester, toen de zon boven de horizon was.

'Ik ben niet bang voor mijn Gave,' antwoordde Brida. 'Ik weet waarheen ik ga, en wat ik moet doen. Ik weet dat iemand me geholpen heeft.

Ik ben hier eerder geweest. Er waren mensen die dansten, er was een geheime tempel van de Traditie van de Maan.'

De Meester zei niets. Hij wendde zich naar haar toe en gaf met zijn rechterhand een teken.

'Je bent aangenomen. Moge je weg er een van Vrede zijn, in tijden van Vrede. En er een zijn van Strijd, in tijden van Strijd. En verwar nooit de ene met de andere tijd.'

De gestalte van de Meester vervaagde langzaam, tegelijk met de woestijn en de steen. Nu was er enkel nog de zon, maar de zon schoof door naar een hemel die steeds donkerder werd. De zon leek steeds meer op de vlammen van een kampvuur.

Ze was terug. Ze herinnerde zich alles: de geluiden, het geklap, het dansen, de trance. Ze herinnerde zich dat ze haar kleren had uitgetrokken, voor al die mensen. En nu voelde ze zich een beetje opgelaten. Maar ze herinnerde zich ook haar ontmoeting met de Meester. Ze probeerde haar schaamte, angst en nervositeit te beheersen – dingen waar ze altijd mee te maken zou hebben, ze moest er maar aan wennen.

Wicca verzocht de drie Ingewijden in het midden van de halve cirkel te blijven, die door de vrouwen werd gevormd. De heksen reikten elkaar de hand en sloten de kring.

Ze zongen liedjes die niemand nog waagde te begeleiden; het geluid stroomde door bijna gesloten lippen, werd tot een vreemde trilling die steeds scherper werd, tot ze op de schreeuw van een waanzinnige vogel leek. In de toekomst zou ook zij weten hoe ze deze geluiden moest maken. Ze zou tal van andere dingen leren, tot ze ook een Meester zou worden. Dan zouden andere mannen en vrouwen door haar in de Traditie van de Maan worden ingewijd.

Dat alles zou te zijner tijd gebeuren. Ze had alle tijd van de wereld; nu ze haar lot had weergevonden, had ze iemand die haar zou helpen. Ze had de Eeuwigheid tot haar beschikking.

De mensen om haar heen waren gehuld in vreemde kleuren, en Brida raakte een beetje van slag. Ze zag liever de wereld zoals deze eerst was.

De heksen hielden op met zingen.

'De Inwijding van de Maan is gedaan en voltooid,' zei Wicca, 'de wereld is nu jullie akker, en jullie zullen die zo bewerken dat de oogst overvloedig zal zijn.'

'Ik heb een vreemde gewaarwording,' zei een van de Ingewijden, 'ik kan niet goed zien.'

'Jullie zien nu het energieveld dat ieder mens om zich heen heeft, de aura, zoals we dat noemen. Dat is de eerste stap op de weg van de Grote Mysteriën. Die gewaarwording is zo meteen weer voorbij, en later leer ik jullie hoe je haar opnieuw kunt opwekken.'

Met een snelle en vaardige beweging wierp ze haar rituele dolk in de grond. Hij bleef rechtop staan. Het heft trilde nog na van de kracht van de worp.

'De ceremonie is afgelopen,' zei ze.

Brida ging naar Lorens. Zijn ogen schitterden, en ze besefte hoe trots hij was en hoezeer hij van haar hield. Ze konden groeien, samen, en samen een nieuwe manier van leven scheppen, een heel Universum ontdekken dat voor hen lag en wachtte op mensen met een beetje moed.

Maar er was een andere man. Tijdens het gesprek met de Meester had ze haar keuze gemaakt. Want die andere man zou weten hoe hij haar hand op moeilijke momenten moest vasthouden. En hoe hij haar met liefde en ervaring moest leiden, door de Donkere Nacht van het Geloof. Ze zou leren hem te beminnen, en haar liefde voor hem zou even groot zijn als haar respect voor hem. Ze bewandelden dezelfde weg van de kennis, omdat hij er was geweest, was zij tot hier gekomen. En van hem zou ze op een dag de Traditie van de Zon leren.

Nu wist ze dat ze een heks was. Vele eeuwen al had ze de heksenkunst geleerd, en nu was ze terug op haar plek. De wijsheid was vanaf deze nacht het belangrijkste in haar leven.

'We kunnen gaan,' zei ze tegen Lorens, zodra ze bij hem was. Vol bewondering keek hij naar de zwart geklede vrouw voor hem; maar Brida wist dat de Magiër haar zag als was ze gekleed in het blauw.

Ze reikte hem de tas aan, waar haar andere kleren in zaten.

'Ga alvast, kijk of je een lift kunt regelen. Ik moet even iemand spreken.'

Lorens pakte de tas. Deed een paar stappen in de richting

van de weg, die door het woud liep, en stopte. Het ritueel was afgelopen en ze waren weer terug in de wereld van de mensen, met hun liefdes, hun jaloezie, en hun veroveringsoorlogen.

De angst was ook terug. Brida deed vreemd.

'Ik weet niet of God bestaat,' zei hij tegen de bomen om hem heen. 'En ik kan hier nu niet over nadenken, omdat ook ik de confrontatie met het mysterie zoek.'

Hij merkte dat hij op een andere manier sprak, met een vreemde zekerheid die hij nooit bij zichzelf vermoed had. Maar op dat ogenblik geloofde hij dat de bomen luisterden.

'Misschien begrijpen de mensen hier mij niet, misschien kijken ze neer op wat ik doe, maar ik weet dat ik evenveel moed heb als zij, want ik zoek God zonder in Hem te geloven.

Als Hij bestaat is Hij de God van de Dapperen.'

Lorens zag dat zijn handen een beetje trilden. De nacht was voorbijgegaan en hij had niets kunnen begrijpen. Hij begreep dat hij in trance was geweest – en dat was alles. Maar zijn handen trilden niet omdat hij de Donkere Nacht was binnengegaan, zoals Brida dat pleegde te noemen.

Hij keek naar de hemel, met niets dan laaghangende wolken. God was de God van de Dapperen. En die God zou hij kunnen begrijpen, want dapperen zijn mensen die hun beslissingen met angst nemen. Die gekweld worden door de duivel bij iedere stap op hun weg, die zich bij alles wat ze doen ongerust maken, en zich afvragen of ze wel juist handelen.

En toch handelen ze. Ze handelen omdat ze in wonderen geloven, zoals de heksen die deze nacht om het vuur dansten.

God probeerde misschien naar hem terug te keren – via die vrouw die nu wegliep naar een andere man. Als zij zou weggaan, zou Hij Zich misschien voorgoed van hem afkeren. Zij was zijn kans – omdat hij wist dat de beste manier om zich in God onder te dompelen, door de liefde was. Hij wilde de kans de liefde terug te winnen niet voorbij laten gaan.

Hij haalde diep adem, voelde de koude en zuivere lucht van het woud, en hij deed zichzelf een heilige belofte.

God was de God van de Dapperen.

Brida ging naar de Magiër. Ze troffen elkaar bij het vuur. De juiste woorden waren moeilijk te vinden.

Zij was degene die de stilte verbrak.

'We hebben dezelfde weg.'

Hij knikte.

'Laten we die dan samen gaan.'

'Maar je houdt niet van mij,' zei de Magiër.

'Ik hou van jou. Ik ken mijn liefde voor jou nog niet – maar ik hou van jou. Jij bent mijn Andere Deel.'

Maar de blik van de Magiër was afstandelijk. Hij kende de Traditie van de Zon, en een van de belangrijkste lessen van de Traditie van de Zon was de Liefde. De Liefde was de enige brug tussen het onzichtbare en het zichtbare, de brug die iedereen kende. Zij was de enige doeltreffende taal om de lessen te vertalen die het Universum elke dag aan de mensen onderwees.

'Ik ga niet weg,' zei ze, 'ik blijf bij jou.'

'Je vriend staat te wachten,' antwoordde de Magiër, 'ik zal jullie liefde zegenen.'

Brida keek hem aan en begreep het niet.

'Niemand kan een zonsondergang bezitten zoals die wij ooit samen zagen,' ging hij verder, 'zoals ook niemand een middag kan bezitten waarin de regen tegen het raam slaat, of de rust die een slapend kind uitstraalt, of het magische moment waarop de golven breken op de rotsen. Niemand kan het allermooiste wat er op aarde bestaat bezitten – maar we kunnen ervaren en liefhebben. In dit soort momenten laat God zich aan de mensen zien.

We zijn geen eigenaar van de zon, van de middag, van de golven, of van hoe God Zich ook laat zien – omdat wij onszelf niet kunnen bezitten.'

De Magiër strekte zijn hand naar Brida uit en gaf haar een bloem.

'Toen wij elkaar leerden kennen – en het lijkt of ik je altijd gekend heb, omdat ik me niet kan herinneren hoe de wereld daarvoor was – heb ik je de Donkere Nacht laten zien. Ik wilde zien hoe jij met je eigen grenzen omgaat. Ik wist al dat ik me tegenover mijn Andere Deel bevond, en dat dit Andere Deel me alles zou leren wat ik moest leren – want juist daarom heeft God man en vrouw gescheiden.'

Brida streelde de bloem. Het was de eerste bloem die ze sinds vele maanden zag. De lente was gekomen.

'Mensen geven elkaar bloemen want in bloemen bevindt zich de ware zin van de Liefde. Wie een bloem probeert te bezitten, zal zien dat haar schoonheid verwelkt. Maar wie naar een bloem kijkt die op het veld staat, zal voor altijd met haar zijn. Want ze hoort en past bij de middag, bij de zonsondergang, bij de geur van de natte aarde en bij de wolken aan de horizon.'

Brida keek naar de bloem. De Magiër nam de bloem terug en gaf haar terug aan het woud.

De ogen van Brida vulden zich met tranen. Ze was trots op haar Andere Deel.

'Dat heeft het woud me geleerd. Dat jij nooit van mij zult zijn, en ik daardoor jou altijd zal hebben. Jij was de hoop tijdens mijn dagen van eenzaamheid, de angst tijdens mijn momenten van twijfel, de zekerheid tijdens mijn ogenblikken van geloof.

Omdat ik wist dat mijn Andere Deel op een dag zou komen, heb ik me gewijd aan het me eigen maken van de Traditie van de Zon. Alleen omdat ik er zeker van was dat je bestond, ben ik doorgegaan met bestaan.'

Brida kon haar tranen niet verbergen.

'Toen ben je gekomen, en heb ik dit allemaal begrepen. Je kwam om me te bevrijden van de slavernij die ik zelf geschapen had, je kwam om tegen me te zeggen dat ik vrij was – ik mocht terug naar de wereld en naar de dingen van de wereld. Ik heb alles begrepen wat ik moest weten, en ik hou van jou meer dan van alle vrouwen die ik in mijn leven heb gekend, meer dan ik gehouden heb van de vrouw door wie ik, zonder dat ze dat wilde, naar het woud verbannen ben. Ik zal me altijd herinneren dat liefde vrijheid is. Dat was de les die ik al die jaren maar niet leren wilde.

Dat was de les die me verbannen heeft en die me nu bevrijdt.'

Het vuur knisperde en een paar genodigden die nog waren blijven hangen, begonnen afscheid te nemen. Maar Brida hoorde niets van wat er om haar heen gebeurde.

'Brida!' hoorde ze een verre stem roepen.

'*Here's looking at you, kid*,' zei de Magiër. Het was een zinnetje uit een oude film die hij eens had gezien. Hij was blij, omdat hij weer een belangrijke bladzijde van de Traditie van de Zon had omgeslagen. Hij voelde de aanwezigheid van zijn Meester, die ook deze nacht had uitgekozen voor zijn nieuwe Inwijding.

'Mijn hele verdere leven zal ik me jou herinneren, en jij zult je mij herinneren. Net zoals we ons de zonsondergang zullen herinneren, de ramen met de regen, dingen die we altijd zullen hebben omdat we ze niet kunnen bezitten.'

'Brida!' riep Lorens weer.

'Ga in vrede,' zei de Magiër. 'En droog je tranen. Of zeg anders dat het van de as van het vuur komt.

En vergeet me niet.'

Hij wist dat hij dat niet hoefde te zeggen. Maar hij zei het toch.

Wicca zag dat drie mensen hun lege flessen vergeten hadden. Ze moest hen opbellen, en zeggen dat ze die moesten ophalen.

'Het vuur gaat zo uit,' zei ze. Hij bleef zwijgen, en hield zijn blik strak gericht op het langzaam dovende vuur.

'Ik heb er geen spijt van dat ik op jou verliefd ben geweest,' ging Wicca verder.

'Ik ook niet,' antwoordde de Magiër.

Ze zou graag met hem over het meisje praten, maar ze zweeg. De ogen van de man naast haar boezemden haar respect in en zetten haar aan tot wijsheid.

'Jammer dat ik niet jouw Andere Deel ben,' zei ze en ze keerde daarmee terug naar het onderwerp. 'We zouden een geweldig stel zijn geweest.'

Maar de Magiër hoorde niet wat Wicca zei. Er wachtte hem een immense wereld en zovele dingen die gedaan moesten worden. Hij moest helpen Gods tuin aan te leggen, hij moest mensen bijbrengen zichzelf te onderwijzen. Hij zou andere vrouwen tegenkomen, verliefd worden en deze reincarnatie intens beleven. Deze nacht vormde het einde van een fase in zijn bestaan, een nieuwe Donkere Nacht strekte zich voor hem uit. Maar het zou een fase worden die plezieriger en vrolijker zou zijn, en meer in de buurt van alles wat hij gedroomd had. Hij wist dit vanwege de bloemen, de wouden, de meisjes die op een dag zouden komen, gestuurd door Gods hand, zonder te weten dat ze kwamen om zo hun bestemming te vervullen. Hij wist dit vanwege de Traditie van de Maan en de Traditie van de Zon.

Nieuws over Paulo Coelho

Bent u geïnteresseerd in Paulo Coelho en zijn werk? Meld u dan aan voor ons Paulo Coelho-mailingbestand. U wordt dan regelmatig op de hoogte gehouden van nieuwe boeken van Paulo Coelho of nieuws over de schrijver.

Meld u aan via onze website www.paulocoelho.nl of stuur een e-mail naar arbeiderspers@wpguitgevers.nl met als onderwerp 'Coelho-mailingbestand'. Vermeld a.u.b. de volgende gegevens:

– naam
– adres
– telefoonnummer
– e-mailadres

Aan ons verstrekte gegevens worden opgenomen in het bestand van WPG-uitgevers, maar niet aan derden verstrekt. U kunt uw gegevens opvragen om ze te laten corrigeren of verwijderen door een e-mail te sturen naar arbeiderspers@wpguitgevers.nl.